萩・津和野に消えた女

西村京太郎

双葉文庫

目次

十津川警部
萩・津和野に消えた女

第一章　ある旅立ち

1

井《い》の頭《かしら》公園《こうえん》近くの派出所に、ひとりの女が、蒼い顔で、飛びこんできた。

応対したのは、警察に入って二年の若い広田巡査だった。

女は、四十五、六歳で、飛びこんでくるなり、

「助けてください！　お願いです」

と、叫ぶようにいったので、広田は、てっきり、強盗にでも襲われたのではないかと思った。それにしては、服の乱れもないなと思いながら、

「落ち着いて、何があったか、話してください」

と、いった。

「娘がいないんです。早く、見つけて、助けてください！」

と、女は、いう。

広田巡査の顔が、緊張した。

（誘拐事件か？）

と、思ったのだ。今度は、広田が、興奮してしまって、

「犯人から、何か連絡があったんですか？」

と、甲高い声で、きいていた。

女は、きょとんとした顔になって、

「犯人て、何ですの？」

「娘さんが、誘拐されたんでしょう？　違うんですか？」

「娘は、旅に出たんです。誘拐なんかされてませんわ」

「旅？　旅行に出たんですか？」

「ええ」

（なんだ――）

と、思いながら、広田は、眉を寄せた。

「しかし、助けてと、いいませんでしたか？」

「ええ。助けてほしいんです」

「意味が、よくわかりませんね」

「今、娘のマンションにいったら、こんな置手紙があったんです」

女は、白い封筒を取り出して、広田に見せた。

表には〈お母様へ〉と書かれ、裏を見ると〈由美子《ゆみこ》〉と、あった。

「なかを拝見していいですか？」

「どうぞ、見てください」

と、女がいう。

広田は、封筒のなかから、便箋を取り出した。


〈これから、あいつを殺しにいってきます。もう、決めたの。だから、探さないでください。

由美子〉

便箋には、そう書いてあった。広田は、その文面を、どう受け取っていいか戸惑って、

「詳しく話してくれませんか」

と、女を見た。

女は、まだ、蒼い顔だった。

「昨日の夜、娘から電話があったんです。明日から、三日ほど、旅行にいってくるって。あの娘《こ》は、旅行が好きですから、別に、不審には、思いませんでしたわ。娘がいない間に、部屋を掃除しておいてやろうと思って、さっき、マンションにいったら、その手紙があったんです。どうしたらいいのか、わからなくて。娘を助けてください」

「これ、お母さんを驚かそうという、娘さんの悪戯じゃないんですか？」

と、広田がきくと、女は、

「由美子は、そんな娘じゃありません！」

と、声を震わせた。

広田は、どうしていいかわからなかった。何しろ、まだ、何も起きていないのだ。

五分ほどして、警邏《けいら》から戻ってきた同僚の青木巡査に、相談してみた。青木は、広田には先輩にあたる三十歳である。

その青木も、困惑の表情になってしまった。

「とにかく、詳しく話してください」

と、いって、手帳を広げ、女の話を、書き留めた。

女の名前は、木下《きのした》とし子。四十五歳である。夫の木下悟《さとる》は、同じ四十五歳で、旅行会社に勤めている。

子供は、娘二人で、上の由美子は、二十四歳で、銀行勤めだが、去年から、家を出て、井の頭公園近くに、1Kのマンションを、借りていた。下の娘は、現在、短大の一年である。

「それで、娘さんが、こういう置手紙をしたことに、何か、思い当たることは、ないんですか？」

と、青木巡査が、きくと、とし子は、

「私のところでは、子供には、子供の人生があるという考えで、干渉しない方針できました。ですから、由美子のプライベイトなことは、わからないんです」

「どんな男と、つき合っていたかということもですか？」

「ええ。そういうことは、何も、話しませんでしたから」

「しかし、二十四歳なら、恋人か、ボーイフレンドは、いるんじゃありませんか？」

「ええ」

「そのことで、お母さんに、相談するということは、なかったんですか？」

「あの娘は、強い性格で、自分のことは、自分で、決めるほうでしたから。優しいところもあるんですよ」

と、とし子は、いった。

「由美子さんは、昨日、三日ほど、旅行にいってくると、電話で、いったんですね？」

「はい」

「行き先の見当は、つきませんか？」

「まったくつかないんです。ついていれば、追いかけていますわ」

と、とし子は、激しい口調で、いった。

2

広田と、青木の二人の巡査は、自分たちでは、どう判断していいかわからず、上司に相談した。上司は、警視庁に、電話をかけた。

捜査一課長の本多としても、判断がつきかねた。殺人の可能性があるとしても、まだ、殺人は、起きていないからである。予感だけで、警察は、動くことは、できない。

「と、いっても、殺人を防ぐことも、われわれの仕事だからね」

と、本多は、十津川警部に、いった。

「問題は、どれだけ、殺人の可能性があるかですね」

「だがね、問題の置手紙を、ファックスで送ってきたんだが、これだけでは、いくら読み直してみても、どれだけの可能性があるのか、わからんよ」

本多は、そのファックスされた手紙を、十津川に見せて、小さく溜息をついた。

十津川も、それを、読んでから、

「確かに、こんな短い手紙では、判断のしようがありませんね」

「と、いって、無視して、殺人が起きてしまったら困る」

「北条刑事を、いかせましょう」

と、十津川は、いった。

「北条早苗君か？」

「そうです。彼女は、若くて、独身ですから、われわれより、この置手紙をした娘さんの気持ちがわかると、思います。それに、彼女のマンションを調べれば、行き先を摑めるかもしれません」

「そうだな。手をこまねいていて、殺人が起こってしまったら、警察が、マスコミに、非難されるだろうからね。明日、北条君を、いかせるかね?」

「いえ。今すぐ、いかせます」

と、十津川は、いった。

急遽、北条早苗が、呼び出され、井の頭公園のマンションへいくように、命じられた。

早苗は、電車で、吉祥寺《きちじょうじ》に向かった。時刻はすでに、午後十一時に近い。

「ガーデン井の頭」を見つけて、その5号室にあがっていくと、部屋には、母親の木下とし子が、座りこんでいた。

早苗が、警察手帳を見せると、とし子は、ぱっと、目を輝かせて、

「娘を探してくださるんですね」

「その前に、いろいろ調べて、行き先がどこか、しりたいんです。やみくもに捜しても、由美子さんは、見つかりませんもの」

と、早苗は、いった。

「私は、どうしたら、よろしいんでしょうか？　何でも、いたしますけど」

と、とし子は、すがるように、早苗を見た。

「この部屋を、調べてよろしいですか？」

「どうぞ。見てください」

と、とし子が、いう。

早苗は、六畳一間に、小さなキッチンと、バスルームがついている1Kの部屋を見回した。

六畳は、洋間で、シングルベッドが置かれ、三面鏡、洋服ダンス、テレビなどが、そのほかの空間を、占領している。

絨毯の花柄や、ベッドの毛布の赤さやカーテンの鮮やかなピンクが、若い女の部屋であることを、主張している。

早苗は、三面鏡の上に置かれた写真を手に取った。若い女が、二人、写っている。顔が似ているところをみると、姉妹だろう。

「これが、由美子さんですか？」

と、早苗は、きいた。

「はい。一緒に写っているのは、妹の冴子《さえこ》です」

「お二人とも、お綺麗ですね」

「ありがとうございます」

「この写真を、お借りすることになるかもしれません」

と、早苗は、いった。

早苗が、見たかったのは、手紙と、写真だった。

木下由美子は「あいつを殺しに――」と、置手紙に、書いている。あいつが、男か女かわからないが、若い、年頃の女性であることを考えれば「自分を裏切った男」と、思うのが、妥当だろう。

と、すれば、その男からきた手紙なり、彼と一緒に撮《と》った写真があるかもしれない。早苗は、そう思ったのだ。

手紙は、小さなダンボール箱に入っていた。写真のほうは、アルバムが、一冊あった。

まず、手紙を、一つ一つ、見ていった。

大学の同窓生からのもの、親戚からの年賀状、エステティックの案内状、いろいろとある。同じ男からの手紙が、五通あった。どうやら、これが、ボーイフレンドらしい。文面から見て、同じM銀行井の頭支店の行員のようだった。名前は、白井敬一郎《しらいけいいちろう》である。

（明日になったら、この白井敬一郎に会ってみよう）

と、早苗は、思った。

アルバムの写真は、ほとんど、旅行のものだった。北海道《ほっかいどう》から、沖縄《おきなわ》、それに、香港《ホンコン》もある。ひとりでいったらしいものもあれば、若い者同士のグループでのものもある。

「旅行が、お好きだったようですわね」

と、早苗は、母親を見た。

「はい。よく、いっています」

「由美子さんのお父さんは、旅行会社へお勤めだそうですね？」

「主人は、S旅行社で、働いております」

「由美子さんが、旅行好きなのは、お父さんの影響なんでしょうか？」

「かもしれませんわ」

と、とし子は、いう。

早苗は、アルバムを見直していて、おやっと、思うことが出てきた。

最後の写真は、香港旅行だった。これは、どうやら、ひとりでいったらしい。問題は、その前だった。

その前の二ページが、空白で、写真が、貼ってないのだ。

本来、そこには、ほかのページと同じように、旅行の写真が貼ってあったに違いない。それが、見事に、剝ぎ取られている。

早苗は、じっと、写真のない部分を見つめた。ここには、恋人と一緒の楽しい旅行の写真が、貼ってあったのではないか。時々、それを見ては、懐かしさを、嚙みしめていたのかもしれない。ところが、その恋人が、裏切った。怒りと、悲しみから、彼女は、思い出の写真を剝ぎ取って、焼き捨てた――。

その恋人は、五通の手紙があった白井敬一郎だろうか。もし、そうなら、意外に、あっさりと、由美子を、見つけ出して、殺人を防げるかもしれない。

腕時計を見ると、もう、十二時を回っていた。母親の前ではまずいので、外に出て、公衆電話ボックスから、十津川に、連絡を取った。

「どんな具合だね？」

と、十津川のほうから、きいた。それだけ、気になっていたということなのだろう。

「どうやら、裏切った恋人への復讐という線だと思えますわ」

「その恋人は、わかりそうかね？」

「ひとり、名前が、浮かんできました。夜が明けたら、この男に会ってみます」

「行き先は、わからないか？」

「まだ、わかりません」

「とにかく、大変だろうが、頼むよ」

と、十津川は、いった。

早苗は、部屋に戻った。壁に、背中をもたせかけ、体を休めながら、由美子の母親と、お喋りをした。

その会話のなかから、問題の由美子の性格や、行動パターンを、しることができたらと、思ったからである。

しかし、母親は、これからのことで、怯えてしまって、冷静に話してくれなかった。

夜が明けると、早苗は、白井敬一郎の住所を捜して、会いにいった。銀行が開くまで、待てなかったのだ。

住所は、阿佐ヶ谷《あさがや》駅近くのマンションだった。

あるいは、白井という青年も、旅行に出ているのではないかと、早苗は、思っていた。彼が、殺したい「あいつ」なら、そうなっているはずだからだ。

だが、インターホンを鳴らすと、ドアが開いて、背の高い、若い男が、顔を出した。起きたばかりといった顔で、

「何ですか？」

と、きいた。

3

早苗は、警察手帳を見せて、

「白井敬一郎さん？」

と、きいた。

相手は、若い女が、警察手帳を見せたことに、びっくりした様子だったが、

「そうですが、警察が、僕に、何の用ですか？」

「木下由美子さんを、ご存じですわね？」

と、早苗は、確かめるように、きいた。

「ええ、しっていますが」

「彼女が、今、どこにいるか、しっていますか？」

「どこって、井の頭のマンションじゃないんですか？」

「旅行に出ています」

「そうですか」

「どこへいっているか、しりませんか？」

「なぜ、僕に、きくんですか？」

「あなたが、彼女と親しいと、きいているからですわ」

「正確にいえば、親しかったんです」

と、白井は、いった。

「今は、親しくないということですか？」

「彼女が、僕に、行き先をいわずに、旅行に出かけていますからね」

白井は、そんないい方をした。

早苗は、そのいい方に、引っかかるものを感じた。

「あなたは、彼女を、今でも、好きみたいに思えるんだけど、違うかしら？」

白井は、一瞬、戸惑いの色を見せて、黙っていたが、

「僕は、今でも、彼女が好きですよ」

と、いった。

「でも、彼女は、気が変わったんですか？」

「わかりません」

「わかりませんて、どういうことなのかしら？」

「言葉どおりですよ。彼女の気持ちが、わからなくなっているんです」

「最近、急に、冷たくなったんですか？」

「冷たくなったというのか、無関心になったというのか——」

「でも、前は、愛し合っていたんでしょう？」

「少なくとも、僕は、そう思っていましたよ」

と、白井は、いった。

「それが、違ってきたんですか？」

「僕は、変わっていないと、思っています。だが、彼女のほうが、変わってきたんです」

「どんなふうに？」

「デートに誘っても、昔なら、嬉しそうに、応じてくれたのに、最近は、いろいろと理由をつけて、断るようになっていたんです。今度の旅行も、僕には、黙って、出かけてしまったのも、それですよ」

「その理由について、あなたに、思い当たることは？」

「ありません。僕は、別に、浮気はしていないし、彼女を裏切ったこともありません」

「じゃあ、彼女に、新しく恋人が、できたのかしら？」

「それは、わかりません」

「実は、彼女、誰かを殺しに、旅行に出かけたみたいなんですよ」

と、早苗がいうと、白井は、眉を寄せて、

「誰かを殺すって、それ、どういうことなんですか？」

と、きいた。

早苗は、じっと、白井の顔を見た。この男は、果たして、本当のことを、いっているのだろうか？　それとも、惚けているのだろうか？

「彼女は、置手紙をして、旅行に出かけたんです。その手紙に『あいつを殺しにいく』と、書いてあったんですよ。白井さんは『あいつ』に、心当たりが、ありますか？」

早苗は、まっすぐ、白井を見つめたまま、きいた。

白井は、小さく首を横に振った。

「しりません。嘘じゃありません」

「あいつというのは、女とは、思えない。男だと、私たちは、思っています」

「男って、僕だと、思うんですか？」

「あなたが、彼女を裏切っているとしたら、彼女が、殺したいと思う『あいつ』かもしれませんからね」

早苗が、単刀直入にいうと、白井の顔が、赤くなった。

「冗談じゃない。僕は、彼女を裏切っていませんよ」

「しかし、彼女は、最近、よそよそしくなっていたんでしょう？」

「ええ」

「あなたが、気づかなくても、彼女は、あなたに裏切られたと、思っていたのかもしれませんわ」

「どういうことですか？」

白井は、抗議する口調で、早苗を見た。

「例えば、偶然、彼女が、あなたと別の女性が一緒にいるところを見て、ショックを受けたということだって、考えられるんじゃないかしら？　それが、二度、三度と、重なれば、彼女は、あなたに裏切られたと思い、殺してやりたいと思ってしまったかもしれませんわ」

「そんな馬鹿な――」

「でも、可能性は、あると思いますけどね」

「ありませんよ」

白井は、怒ったように、いった。

「でも、彼女以外の女性と、まったく、つき合いがなかったわけじゃないんでしょう？」

と、早苗は、きいた。

「そりゃあ、僕も、若い男だから、まったく、なかったとはいいませんよ。しかし、なぜ、そんな細かいことに、刑事さんは、こだわるんですか？」

「私たちは、殺人を、未然に防ぎたいと思っているんです。だから、彼女が、誰を殺そうとしているか、それを、ぜひ、しりたい。もし、あなたなら、あなたを、守らなければなりません」

「僕じゃありませんよ」

「誰か、思い当たる人が、いますか？」

「それは、わかりませんが、僕は、彼女に恨まれるようなことはしていない。今だって、僕は、彼女が、好きなんです」

「本当に？」

「本当ですよ。第一、彼女は、誰かを殺すために、旅行にいくと、いっているんでしょう？　それなら相手は、僕じゃない。僕は、こうして、東京にいるんだから」

「旅行に出る予定はないんですか？」

と、早苗は、きいた。

「ありません」

「彼女と、あなたが、二人で、旅行に出かけた場所は、ありませんか？」

「彼女が、そこへいったと、思うんですか？」

「かもしれません。一緒にいった場所があるんなら、教えてください」

と、早苗は、いった。

白井は、むっとした顔で、考えていたが、

「ありませんね。二人だけでいった場所は」

と、否定した。

4

早苗は、警視庁に戻って、白井敬一郎のことを、十津川に、報告した。

十津川は、きき終わってから、

「それで、君は、白井が、本当のことを、いっていると、思ったのかね？」

と、きいた。

「半々だと思いました」

「どう半々なんだ？」

「彼が、木下由美子の旅行について、しらなかったのは、本当だと、思いました。芝居でなく、びっくりしていましたから。ただ、二人だけで、旅行したことはないというのは、嘘だと、思います」

と、早苗は、いった。

「なぜ、そう思うんだね？」

「警部の指示で、木下由美子の部屋を調べた時、アルバムがありました。そのなかに、白井が、彼女と一緒に写っている写真があります」

と、早苗はいい、借りてきたアルバムを、広げて見せた。

どこかの城跡といった場所に立って、白井と、由美子が、写っている写真である。

砂浜で、彼女だけが、写っているものもあった。綺麗な砂浜だった。

道路沿いの水路で泳ぐ鯉を、覗いている由美子の写真も、貼られている。そして、自転車の前で、ポーズをとっている由美子。

「場所は、どこだろう？」

と、十津川が、きいた。

「この、鯉が泳いでいるのは、津和野《つわの》ではないかと、思いますわ」

と、早苗は、いった。

「津和野か。となると、ほかの写真も、津和野かね？」

「わかりません。旅行会社へいって、調べてもらおうと、思いますが」

「それなら、S旅行社できくといい。木下由美子の父親、木下悟が、働いている会社だよ」

「すぐ、いってきます」

と、早苗は、いった。

S旅行社は、JR新宿《しんじゅく》駅の駅ビル内にあった。早苗は、ガラスドアに書かれた文字を、確かめるようにして、なかに入り、カウンターにいた若い男に、

「木下悟さんに、お会いしたいんです」

と、いった。

「木下は、おりません」

と、相手は、いう。

「お休みですか？」

「いいえ。朝は、いたんですが、新しい旅行ルートを調べるために、出かけました。旅行のことでしたら、私が、承《うけたまわ》りますが」

「じゃあ、この写真を見てください。どこか、わかりますか？」

早苗は、例の写真を、相手の前に並べた。

「この鯉がいるのは、津和野ですね」

と、相手は、あっさりと、いった。

「城跡みたいな写真や、砂浜の海岸は、どこかしら？」

「たぶん、津和野の近くだと思いますけどね」

と、相手はいい、奥から、一冊のアルバムを持ってきた。

ナンバーが打たれ、表紙に〈萩・津和野観光ルート〉と書かれていた。

「津和野へいく人は、あの町だけでは、あき足らず、たいてい、萩《はぎ》や、秋吉台《あきよしだい》を、回ってきます。一泊二日か、二泊三日のコースです」

と、いいながら、アルバムを繰っていたが、

「やはり、萩の城跡ですね。それから、この砂浜は、同じく、萩の菊《きく》ヶ浜《はま》ですね」

と、いい、アルバムのなかの写真を、早苗に、見せた。

なるほど、同じ風景である。

由美子は、白井敬一郎と、萩、津和野に、旅行したとみていいだろう。

もちろん、だからといって、今、彼女が、同じルートで、旅行しているかどうかは、わからない。

「ところで、木下悟さんは、どちらへ、いかれたんですか？」

と、早苗は、きいてみた。

「ちょっと、待ってください」

と、相手は、いい、奥へ入っていった。二、三分して、戻ってくると、

「企画書を見ると、道南《どうなん》の新しい観光ルートを作るためとあります。東京が出発地で、三泊四日のルートです」

「道南というと、北海道《ほっかいどう》？」

「そうです」

「もし、連絡があったら、私のほうに、電話してくださるように、伝えてください」

と、早苗は、いい、電話番号を書いて、相手に、渡した。

警視庁に戻る前に、白井に、もう一度会って、由美子と、萩、津和野にいったことがあるか、その時の様子を、きいてみることにした。なぜ、白井が、嘘をついたかもである。

午後七時をすぎているので、普通なら、帰宅していると思ったのだが、白井は、留守だった。

念のため、管理人にきくと、

「白井さんなら、旅行に出られましたよ」

という答えが、返ってきた。

「旅行って、いつ頃、出かけたんですか？」

「昼前でしたね。十時頃だったかな」

と、管理人は、いう。

「勤めを、休んでですか？」

「そうみたいですね。銀行のほうは、休むといってましたから」

「行き先は、いっていましたか？」

「いや。でも、四、五日、留守にするので、よろしくお願いしますと、いっていましたよ」

と、管理人は、いった。

早苗は、警視庁に戻って、すぐ、十津川に、報告した。

「恋人の白井と、父親の木下悟が、いい合わせたように、旅行に出たのか」

十津川も、表情を険しくした。

「父親は、S旅行社の企画課長ですから、新しい観光ルートの開拓に出かけたのだと思いますが、白井のほうが、気になります。私が、木下由美子の旅行のことを話したあと、突然、旅行に出ていますから」

と、早苗は、いった。

「彼女の置手紙のことも、白井に、話したんだな？」

「はい。まずかったでしょうか?」

「いや。話したからこそ、白井が、リアクションを、起こしたんだと思うからね」

「これから、どうしますか?」

「白井の行き先は、どこだと思うかね?」

「常識的に考えると、萩、津和野のルートだと思います」

「そうだな」

「いかせてください」

と、早苗は、いった。

「明日、白井が働いている銀行にいって、彼が、突然、旅行に出かけた事情を、きいてみるんだ。そのあと、必要があれば、出かけたまえ」

と、十津川は、いった。

5

翌日、早苗は、銀行が開くのを待つようにして、M銀行井の頭支店を訪ね、支店長に会った。

早苗が、白井の名前を出すと、支店長は、顔をしかめて、

「白井君には、困っているんですよ。忙しい時期に、無断で休まれてしまいましてね」

「無断で休んだんですか？」

「そうですよ。その上、自宅にはいないんで、連絡のとりようがない」

「前にも、そんなことがありましたか？」

と、早苗は、きいてみた。

「いや、白井君は、真面目な男でね。入行以来、無断欠勤は、一度もなかったはずですよ。それだから、よけいに、どうなってるんだと、困惑しているんですよ」

と、支店長は、腹立たしげに、いった。

「木下由美子さんも、今、休んでいるでしょう？」

「ええ。しかし、彼女は、きちんと、休暇願を出しています」

「由美子さんと、白井さんが、恋人同士だということは、ご存じでした？」

早苗がきくと、支店長は、小さく肩をすくめて、

「そんなことは、しりませんね。部下のプライバシーには、干渉しないことにしていますから」

「でも、行員のことは、しっかり把握なさっていらっしゃるんでしょう?」

「そりゃあ、支店長ですからね」

「白井さんというのは、どういう男性ですか?」

「今もいったように、真面目で、優秀な男ですよ」

「性格はどうですか? 冷たいとか、傲慢とかいうことは、ありませんか?」

と、早苗は、きいた。

もし、由美子の殺したい相手が、白井敬一郎だとすれば、彼には、由美子に、そう思わせる欠点があるのだろうと、思ったからである。冷たさとか、不誠実さとかである。女に対して、暴力的なのかもしれない。

「さあ、どうですかね。私は、部下のひとりとしてしか見ていませんからね。行員としての能力にしか、興味がない。女性に対して、冷たいとか、傲慢といったことには、関心がありませんよ」

と、支店長は、いった。

早苗は、この支店で働く女子行員に会いたいと、支店長に、いった。

支店長は、明らかに、面倒臭がっていたが、相手が警察の人間ということで、仕方がないと思ったのだろう。由美子と一緒に入った女子行員二人を、呼んでくれた。

彼女たちは、支店長室では、話しにくそうにしているので、早苗は、許可をもらって、二人を、近くの喫茶店に連れ出した。

ケーキと、紅茶をご馳走してから、木下由美子と、白井とのことを、きいた。

「二人が、恋人同士だったことは、しっている？」

と、早苗が、きくと、

「しっていたわ」

「でも、最近、二人の仲が、よそよそしくなってたみたい」

と、彼女たちは、ケーキを食べながら、いった。

「なぜ、二人が、よそよそしくなったのか、その理由をしっている？　もし、しってたら、教えてくれないかな」

「たぶん、白井さんが、ほかに、女を作ったんじゃないかしら？　男って、みんな浮気者だから」

と、ひとりが、いうと、もうひとりは、

「それは、違うわ」

と、否定した。

早苗は、そのひとりに向かって、

「なぜ、違うとわかるの?」

「いつだったか、白井さんに、相談されたことがあるの。それが、由美子さんに、きいてみてくれっていうのよ」

「何を?」

「最近、自分に冷たくなったが、自分には、心当たりがない。きいても、何もいわない。だから、君から、ほかに、好きな男ができたのかどうか、きいてみてくれって、いわれたの」

「へえ。白井さんが、あなたに、そんなことを頼んでたの」

と、もうひとりが、目を大きくした。

早苗は、その大袈裟ないい方に、苦笑しながら、

「それで、あなたは、木下由美子さんに、きいてみたの?」

「ええ。きいてみたわ」

「彼女は、何といったの?」

「怒ったみたいな顔になって、何もいわないのよ。それでも、きくと、そんなことは話したくないって、本当に怒っちゃって――」

「じゃあ、白井さんのほかに、男がいたんだわ」

と、また、もうひとりが、口を挟んだ。

「その点、あなたは、どう思った？」

と、早苗は、きいた。

「彼女は、平気で、何人もの男と、つき合えるような性格じゃないわ。だから、白井さんのほかに、男がいるとは、思えないのよ」

「白井さんに、問題があるんじゃないかしら？　例えば、彼が、すぐ暴力を振るうとか、冷たいとか、ギャンブル好きだとか」

と、早苗は、今度は、二人にきいた。

「彼は、女には優しいと思うわ」

と、ひとりがいうと、もうひとりが、うなずいて、

「女に暴力を振るうなんてタイプじゃないわね。むしろ、女につくすほうだと思う」

「ギャンブルは、どうかしら？　どこかに、莫大な借金をしてるなんてことはな

いかしら？」

「それもないと思うわ。ダービーの時に、馬券を買うぐらいじゃないかしら」

「第一、白井さんの家は、お金持ちだから、多少、借金があったって、平気なんじゃないの」

「彼の家は、お金持ちなの？」

と、早苗は、きいた。

「ええ。彼の故郷は、伊豆《いず》で、大きな旅館をやってるんです。有名な旅館みたい」

「本当なの？」

と、早苗は、念を押した。

「ええ。ちゃんと、調べたことがあるの。ちょっと、白井さんが、気になってたから」

と、その女子行員は、笑った。

6

どうやら、由美子が、殺したいと思っているのは、白井敬一郎では、なさそうだと、早苗は思った。

だが、それなら、なぜ、白井は、急に、姿を消してしまったのだろうか？　それも、銀行を、無断で休んでである。

早苗は、警視庁に戻ると、十津川に、自分の意見を入れずに、わかったことを、そのまま、伝えた。

十津川は、じっと、きいていたが、

「木下由美子のことも気になるが、白井敬一郎のことも、気になるね」

と、いった。

「どうしたらいいでしょうか？」

と、早苗は、きいた。

「君は、どう思うんだ？」

「何か起きるような気がします」

「どこで？　場所がわからなければ、どうしようもないだろう？」

「そうですが、私は、津和野か、萩という気がして仕方がないのです」

「いってみたいかね？」

と、十津川が、きいた。

「ここまで調べたので、何もしないでいるのが、苦痛です」

と、早苗は、正直に、いった。

「それなら、西本刑事と二人で、いってきたまえ」

十津川は、あっさりと、いった。

「構いませんか？　まだ、何も起きていませんが」

「いや、すでに、ひとりの若い女が、誰かを殺すといって、旅に出かけているんだ。事件は、始まったと考えてもいい」

と、十津川は、いったあと、つけ加えるように、

「津和野も、萩も、小さな町だから、二日もあれば、両方を調べられるだろう。今日、明日の二日、西本刑事と調べて、木下由美子の消息が摑めなくても、帰ってくるんだ」

「わかりました」

と、早苗は、うなずいた。

津和野と萩へいく一番の早道は、山口宇部《やまぐちうべ》空港へ、飛行機を利用することである。

早苗と、西本は、一一時五五分羽田《はねだ》発の全日空695便に、乗ることにした。

西本は、飛行機のなかで、

「萩、津和野にいけば、木下由美子が見つかる自信はあるの?」

と、きいた。

「ないわ」

早苗が、答えると、西本は、笑って、

「いやに、あっさりいうねえ。いきだけでも、二人で、片道二万三千百円の倍で、四万六千二百円の税金を使うんだよ。もう少し、自信のある言葉をききたかったね」

「自信はないけど、ほかに捜すところはないのよ」

と、早苗は、いった。

「萩、津和野というのは、彼女が、恋人の白井といったことがあるということだけなんだろう?」

「ええ」

「そうなると、彼女の殺したい相手は、白井ということになってくるんじゃないのかな」

「でも、友だちの話では、白井が、殺されるほど悪い人間には、思えないのよ」

「だが、白井も、姿を消した」

「それで、困ってるの。どう解釈していいかわからないから」

「簡単なんじゃないかな」

と、西本が、いう。早苗は、首をかしげて、

「どう簡単なの？」

「理由はわからないが、由美子は、白井を憎み、殺したいと思った。それで、二人の思い出の場所、萩、津和野にいこうと、白井を誘う。白井は、自分が憎まれているとはしらず、喜んで、オーケーをする。二人は、同じM銀行井の頭支店で働いているから、同時に休んではまずいということで、まず、由美子が、休みをとって、出発し、あとから、白井が追いかけることにした。そういうことじゃないのかね」

「もし、そうだとしたら――」

と、いって、早苗は、黙ってしまった。

「どうしたんだ？」

「私ね、白井に会った時、彼に、木下由美子が、母親への置手紙に、あいつを殺しにいくと書いていたことを話してしまったのよ」

「だから？」

「まずいことをいってしまったのかな？」

「そんなことはないさ。白井が、あとから、由美子を追いかけたのだとしても、用心するから、殺されずにすむ。君が警告して、よかったんだと思うよ」

と、西本は、いった。

「そうなら、いいんだけど」

「別に心配することはないんじゃないか。君は、君に警告された白井が、逆に、由美子を殺してしまうんじゃないかと、それを心配しているのか？」

と、西本が、きいた。

「ええ、まあね――」

「白井は、君が見て、すぐかっとなる男かね？」

「わからないわ。普通の若い男に見えたけど」

「銀行員なんだろう?」

「そうだけど」

「大丈夫だよ。由美子に会っても、いきなり、殴りつけたりはしないさ。まず、置手紙のことは、本当かどうか、きくと思うね」

と、西本は、いった。

「そうなら、いいんだけど——」

と、早苗は、いった。

東京羽田から、山口宇部まで、一時間半の空の旅である。

午後一時半少し前、定刻に、二人を乗せたジェット機は、山口宇部空港に、着陸した。

空港からJRの小郡《おごおり》駅へ、連絡バスが出ている。二人は、それに乗った。

四十分あまりで、小郡駅に着いた。まず、津和野へいってみることにして、早苗と西本は、一四時五〇分小郡発米子《よなご》行の特急「おき6号」に、乗った。

「俺、津和野は、初めてだよ」

と、列車に乗ってから、西本は、いった。

「私は、大学時代に、一度、いってるわ」

「じゃあ、向こうに着いたら、捜す場所は、君に任せるよ」

と、西本は、いった。

早苗にだって、向こうに着いたら、津和野のどこを捜したらいいか、わかりはしない。唯一の救いは、とにかく、津和野の町が、狭いということである。十津川のいうとおり、町の隅から隅まで捜したところで、たいした時間は、かかるまい。

津和野に着いたのは、十五時五十五分だった。

駅前に、小さな商店街があり、サイクリングの貸自転車屋が、やたらに、看板をかかげていた。

前にきた時と、あまり違っていないなと、早苗は、思った。

早苗は、駅前の公衆電話で、十津川に、津和野に着いたことを、報告した。そのあと、

「西本さんは、自転車大丈夫？」

「乗れるけど、レンタカーじゃ駄目なのか？」

と、西本に、きいた。

「この町は、自転車が、ちょうどいい広さなのよ。もし、由美子が、ここにきた

としても、きっと、自転車を借りたと思うわ」

と、早苗は、いった。

同じ列車で降りた若い女性ばかりの四人連れが、駅前で、レンタサイクルを借りて、颯爽と、出発していった。

それを見て、西本が、

「いいね。自転車を使おう」

と、いった。

第二章　萩・菊ヶ浜

1

津和野は、小さな町である。人口は約一万と少なく、観光で有名になったが、市にはなっていない。

見るべき場所も、そう多くはないから、確かに、レンタカーで回るより、貸自転車のほうが、適当なのだ。

早苗と、西本は、駅前の食道兼レンタサイクルの店で、自転車を借り、簡単な観光マップをもらって、出発した。

まず、観光客が、一番、見たがる掘割の鯉のところへいってみる。

武家屋敷を、そのまま使ったような町役場、可愛らしいカトリック教会、アンティックなレストランなどが並ぶ通りの両側に、掘割があり、片側に、鯉が、放流されている。

早苗は、有名な津和野の鯉を、何年かぶりに見るのだが、その太っているのに、びっくりした。

それも、ただの太り方ではなく、異様な太り方だった。

掘割には、三、四メートルごとに、柵がしてあって、鯉の動く範囲が狭い。その上、観光客が餌をやるので、太ってしまったのだろう。

「完全な肥満鯉だな」

と、西本が、いった。

それでも、観光客は、何よりも、津和野の鯉を見たいらしく、早苗たちと同じように、自転車に乗って、観光客が、二人、三人と、やってくるし、観光バスも駐まって、鯉を見るために、ぞろぞろと、降りてきた。

町も、この掘割の風景を売り物にしているのだろう。この通りは、電柱をなくし、電線を地下に埋めてある。

早苗と西本は、通りの両側にある店に入っては、由美子と、白井の写真を見せ、こなかったかどうか、きいてみた。

しかし、どの店でも、返事は、ノーだった。

次に、早苗たちは、津和野城跡、森鷗外《もりおうがい》の旧宅などを見て回り、その近くにある土産物店、観光案内所などで、由美子と、白井のことをきいた。

一通り、津和野のなかを回ったあと、今度は、ホテル、旅館にいき、由美子と白井が、泊まらなかったかどうかをきいて回った。

だが、どこでも、二人を見たという返事はきけなかった。

早苗と、西本は、この日、津和野の警察署に泊めてもらうことにした。署長に、事情を説明し、明日、もう一度、町中を調べるために、協力を、要請するためだった。

署長に、話をしたあと、早苗は、東京の十津川に、電話をかけた。

「今のところ、木下由美子と、白井が、津和野にきた証拠は、見つかりません。明日、もう一度、津和野警察に協力してもらって、津和野を調べたいと思います。まだ、事件が起きていないことなので、こちらの警察には、頼みにくかったのですが、なかなか、二人が、見つかりませんので」

と、早苗がいうと、十津川は、

「わかった。私からも、津和野警察に、電話で、頼んでおくよ」

と、いった。

翌朝、早苗たちが、津和野署が用意してくれた朝食をとっていると、署長が、入ってきて、

「すぐ、お二人とも、萩へいってください」

と、大声で、いった。

「萩で、何かあったんですか？」

と、早苗が、きいた。

「白井敬一郎と思われる男の死体が、見つかったという連絡がありました」

「本当ですか？　白井敬一郎に、間違いありませんか？」

西本が、確認するように、きいた。

「それは、わかりませんが、今の連絡では、顔立ちや、背格好から考えて、お二人が捜している白井敬一郎だと思われます」

と、署長は、いったあと、

「鉄道では、乗り換えなければなりませんので、パトカーを、用意させました」

2

早苗と、西本は、津和野署のパトカーに乗り、萩に向かった。

国道9号線を、西に向かい、国道262号線にぶつかったところで、北上する。その途中、津和野署の刑事は、無線を使って、その後の情報を、手に入れてくれた。

萩市に着くまでに、発見された死体は、白井敬一郎に間違いないことが、わかってきた。

死体は、砂浜で発見されたのだが、その近くで、白井敬一郎の運転免許証が、発見されたというのである。

「場所は、菊ヶ浜だそうです」

と、同行してくれた浅野という津和野署の刑事が、教えてくれた。

早苗と、西本は、リアシートで、地図を広げて、その場所を捜した。

萩は、日本海に注《そそ》ぐ松本《まつもと》川と、橋本《はしもと》川に挟まれたデルタ地帯にできた町である。

菊ヶ浜は、町の北西にあって、海水浴場のマークがついていた。

パトカーは、橋本川にかかる橋を渡って、萩市内に入った。

萩は、歴史の町といわれるが、今の早苗に、その町のたたずまいを楽しむ余裕は、なかった。

まっすぐ、現場である菊ヶ浜に向かった。

萩湾に面した道路で、車を降りる。海から吹いてくる風は、冷たかった。

ゆるく湾曲した海岸線を持つ、美しい砂浜だった。まばらな松が、早苗たちを迎えた。

すでに、死体は運ばれてしまっていたが、代わりに、萩署の室井という若い刑事が、待っていてくれて、現場に案内した。

太い松の木の近くの砂の上に、人の形が描かれていた。

「ここに、俯せに倒れているのを、今朝早く、散歩にきた近くの老人が、発見しました」

と、室井刑事が、早苗たちに、説明した。

死体には、後頭部を殴られた痕跡があり、最初は、財布などが見つかったが、身元を確認できるものはなかった。

その後、近くの砂のなかに、半ば、埋もれる格好で、被害者の運転免許証が、落ちていたという。

「この浜は、よく人がくるんですか？」

と、早苗は、室井刑事に、きいた。

「夏は、海水浴場ですから、人が集まります。しかし、今の季節は、ごらんのように、がらんとしています」

と、室井は、いい、今頃は、この菊ヶ浜より、この先の指月山《しづきさん》に、観光客は、いくのではないかともいった。

指月山は、一四一・八メートルの低い山だが、頂上からは、萩の町が一望できるし、近くには、萩城跡などもあるからだと、室井は、説明した。

確かに、菊ヶ浜は、綺麗な海岸だが、今頃は、風が冷たいし、わざわざ、見にくる観光客は、いないだろう。

現に、今、砂浜にいるのは、早苗たちだけだった。

「死亡推定時刻は、だいたい、いつ頃ですか？」

と、西本が、きいた。

「検視官の話では、昨夜ではないかということです」

と、室井が、いう。

「夜ですか」

「ですから、被害者は、ここに、犯人に誘い出されたのではないかと、思いますね」

と、室井は、いった。

早苗も、たぶん、そういうことだろうという気がした。

早苗と、西本は、パトカーに戻り、萩警察署へいき、そこで、白井敬一郎の死体と、対面した。

室井刑事のいったとおり、後頭部に、裂傷が見られた。それも、かなり深い裂傷である。おそらく、何回も、殴りつけられたのだろう。

その行為に、激しい憎悪を感じた時、早苗は、どうしても、木下由美子のことを、頭に思い描かないわけには、いかなかった。

由美子は「あいつを殺しにいく」といって、旅行に出ている。

白井を殺したのは、その由美子ではないのか？

白井は、早苗に、恨まれる覚えはないと、いった。

だが、白井は、こうして、無残な死体となって、横たわっている。

しかも、白井は、早苗に、まったく覚えがないと主張したそのあと、慌ただしく、旅に出ているのだ。それを、どう解釈したらいいのか？

（一つだけ、解釈できることがある）

と、早苗は、思う。

白井は、由美子と、旅行に出る約束をしていたに違いないということである。

二人の間に、何があったのかは、わからない。

だが、由美子は、白井を許せないと思い、旅に誘い出して、殺す気だった。白井は、彼女が、自分を憎んでいるとは、しらなかったのかもしれない。

（男は、鈍感だから）

と、早苗は、思う。

どこかで、彼女を深く傷つけておきながら、それに、気づいていない。

早苗に、由美子の置手紙のことを告げられて、白井は、愕然としたのではないか。それでも、彼は、この萩にやってきた。由美子の憎しみは、誤解だから、その誤解を解こうとして、やってきたのか。

殺された白井が、身につけていたものも、見せてもらった。

十二万三千円入りの財布
腕時計
キーホルダー
ボールペン
ハンカチ
キャッシュカード
運転免許証（これは、近くに落ちていた）

これを見れば、物盗りの犯行とは、考えられない。

白井の顔見知りの犯行なのだ。そして、白井が、その相手に、背中を見せていて、殺されたことになる。

「君は、犯人は、木下由美子だと思うのか？」

と、西本が、早苗に、きいた。

「ええ、七十パーセントはね」

と、早苗は、いった。

「しかし、君は、白井に会って、由美子の置手紙のことを、話したんだろう？」

「ええ」

「そうなると、白井は、彼女に殺されるかもしれないと、しっていて、ここへやってきたことになるんじゃないかね?」

「ええ」

「それでも、彼女に、背中を向けるかな?」

と、西本が、いった。

「二つ考えられるわ」

と、早苗は、いった。

「どんなふうにだ?」

「一つは、白井が、この萩で、由美子に会い、彼女が怒っているのは、誤解だと説得した。少なくとも、説得できたと思い、ほっとして、彼女に、背中を向けた場合だわ」

「もう一つのケースは?」

「白井が、由美子の殺したいという相手を、自分のことではないと、思いこんでいた場合ね。だから、萩で、彼女に会っても、そのつもりで話をした。由美子も、別の人間のようにいい、白井が、背中を向けた時、スパナか何かで、殴りつけた――」

と、早苗は、いった。西本は、苦笑して、

「どちらの場合も、男は、甘いということになるね」

「甘いというより、第一の場合は、鈍感なんだわ」

と、早苗は、考えていたことを、口にした。

「鈍感ねえ」

「たぶん、白井は、由美子と愛し合っていながら、その一方で、隠れて、ほかの女に、手を出していたんじゃないかと思うの。由美子に、気づかれていないと、思ってね」

「しかし、君が、由美子の置手紙のことを話したわけだから、浮気が、ばれたことは、しっていたはずだよ」

「ええ。でも、由美子と会えば、うまく丸めこめると、高を括っていたんじゃないかしら」

「丸めこむか」

「白井は、この萩で、彼女に会い、本当に愛しているのは、君だけだといって、説得したんだと思うわ。それで、彼女が、納得したと、思ったのね」

「だが、彼女は、納得していなかった？」

「ええ。白井は、というより、男は、鈍感だから、自分の行為で、相手が、どんなに傷ついてしまっているのかが、わからないんだわ」

と、早苗は、いった。

浮気をするのは、男の持って生まれた狩猟本能だという男がいる。白井も、そんな男のひとりだったのではないだろうか？

早苗は、東京の十津川に電話をかけ、白井が、殺されたことを告げた。

「それで、君は、白井を殺したのは、木下由美子だと、思うんだな？」

と、十津川が、きいた。

「はい。今のところ、ほかには、考えられません」

「山口県警は、同じ考えかね？」

と、早苗は、いった。

「と、思います。これから、聞き込みが、おこなわれますが、もし、木下由美子が、萩にきていることがわかれば、県警は、彼女を、容疑者として、手配すると、思いますわ」

「わかった。君と、西本刑事も、県警に協力して、聞き込みに当たりたまえ」

と、十津川は、いった。

3

白井の死体は、司法解剖に回され、県警の刑事たちは、萩市内のホテル、旅館の聞き込みに回った。

早苗と、西本も、彼等に協力して、動いた。

その結果、いくつかのことが、わかった。

第一は、殺された白井が、萩市内平安橋《へいあんばし》近くのI旅館に、泊まっていたことである。

白井は、殺される前日の午後五時頃に、予約なしにやってきたという。

応対した従業員の話では、前に、I旅館に泊まったことがあると、いったという。幸い、部屋が空《あ》いていたので、泊めた。

「落ち着かない感じで、部屋にご案内したあと、すぐ、外出なさいました。夜の八時頃に、お帰りになったんですが、ひどく、お疲れの様子で、ご用意しておいた夕食も、お食べになりませんでした」

と、旅館の従業員は、刑事に、いった。

「それで、翌日は？」

「朝から、よく、電話をおかけになっていました」

「どこへかけたのか、わかりますか？」

「それが、一階ロビーの公衆電話をお使いになったので、記録が、残っておりません」

と、いう。

「それから？」

「最初は、この日も、外出から早めに引きあげられてきて、電話を何度もおかけになっていて、お泊まりになるご様子だったんですけど、午後六時頃になったら、急用ができたとおっしゃって、ご出発になったんです」

と、旅館の従業員は、いった。

もう一つは、木下由美子のことだった。

彼女が、萩市内のホテル、旅館に泊まったという証言は、得られなかったが、その代わり、事件当日、東萩《ひがしはぎ》駅で、彼女らしい女性を乗せたタクシー運転手が、見つかった。

「午後の七時半頃だったと思いますよ。その女の人が、乗ってきて、菊ヶ浜へいってくれって、いったんです」

と、四十五、六歳の運転手は、いった。

「菊ヶ浜といったんですね？」

「ええ。こんな時間に、海岸へいって、どうするんだと思いましたよ。松林と、海しかありませんからね」

「菊ヶ浜で、降ろしたんですね？」

「ええ。待っていましょうかと、きいたんですが、いいというので、そのまま、戻りました」

「菊ヶ浜に着いたのは、何時頃ですか？」

「七時五十分頃じゃなかったかな」

「JR東萩駅から、菊ヶ浜までの間、女の様子は、どんなでした？」

「黙ってましたよ。私が、いろいろと、話しかけても、返事をしませんでしたねえ。美人だけど、怖い顔をしていましたよ」

と、運転手は、いった。

「彼女は、何か持っていましたか？」

「白っぽいショルダーバッグを提《さ》げていましたね」

と、運転手は、いった。

白井敬一郎の解剖結果も出た。

死因は、脳挫傷によるもので、死亡推定時刻は、死体発見の前日の午後八時から九時までの一時間ということだった。

これだけのことから、一つのストーリーができあがる。

白井敬一郎は、萩へきて、前に泊まったというI旅館に入った。たぶん、前に、木下由美子と、泊まったことがあるのだろう。

白井は、I旅館から、しきりに、電話をかけていたという。これは、由美子が、どこにいるか、探していたに違いない。

泊まった翌日、白井は、急に、I旅館を出発した。

おそらく、木下由美子と、連絡がとれて、菊ヶ浜で会う約束が、できたのだ。

白井は、午後六時頃に、旅館を出た。

そのまま、菊ヶ浜に向かったのか、それとも、どこかで時間を潰してからだったかは、わからない。が、とにかく、彼は、菊ヶ浜にいった。

一方、木下由美子は、JR東萩駅で、午後七時半頃、タクシーを拾った。

時刻表によると、益田《ますだ》発人丸《ひとまる》行の山陰《さんいん》本線の普通が、一九時二六分に着くから、これに、乗ってきたのかもしれない。

彼女は、午後七時五十分頃、菊ヶ浜で、タクシーを降りた。

白井と、由美子のどちらが先に、菊ヶ浜に着いたかはわからないが、二人は、そこで会い、八時から九時までの間に、白井は、殺された。これだけは、はっきりしている。

早苗は、午後八時すぎに、西本と、菊ヶ浜に、いってみた。

どんな感じなのか、実感してみたかったのだ。

季節外れの海辺は、昼でも、ひっそりと静かだが、夜ともなれば、なおさらだった。

それに、まだ、海から吹いてくる風も冷たいから、若いカップルの姿もない。

ただ、まばらな松林のなかは、意外に、明るかった。相手の顔もわかる。

「内緒話をするのには、いい場所だね。寒いのを我慢すれば」

と、西本が、いった。

「ここで、二人は、どんなことを話したのかしら？」

と、早苗が、歩きながら、きいた。

「たぶん、白井が、由美子に向かって、怒るのはやめろ、すべて、誤解だといったんじゃないかな。由美子は、にっこりして、わかったわという。白井が、ほっとして、彼女に背中を向ける。そこを、由美子は、用意してきたスパナか、ハンマーで、殴りつけた。何回もね」

と、西本は、いった。

「凶器は、ショルダーバッグに、隠してきたのかな？」

「だろうね」

「彼女は、最初から、絶対に、白井を許さない決意だったわけね」

「ああ。そうだろう」

「何が、そんなに、彼女を、憎む気持ちにさせたのかしら？」

4

「男の裏切りじゃないか」

と、西本は、松林を出て、浜辺へ向かって歩きながら、いった。

早苗も、水際まで、歩いた。

左手に、指月山の黒い固まりが見え、その麓に点在する家の灯が、見えた。

「白井が、由美子を、裏切ったということ？」

と、早苗が、いう。

「ああ。二人は、恋人同士だった。だが、由美子は、白井が浮気していることをしった。彼女は、純粋だっただけに、ショックだった。白井を、殺してやりたいと思った――」

「やっぱり、そういうことかな」

「不満なのか？」

「確かに、それで、辻褄が合うんだけど」

「君も、十津川警部には、その線で、白井の死を、報告したんじゃなかったの？」

「そのとおりなんだけど――」

「どうしたんだ？」

「女ってね、恋人が浮気をすると、本当は、彼が悪いのに、女のほうを恨むことが多いから」

と、早苗は、いった。

「木下由美子は、白井の浮気の相手だって、許さないかもしれないよ」

西本が、いい、早苗は、眉を寄せて、

「由美子は、次に、浮気の相手を、殺すと、いうの？」

「君が、女というのは、浮気した彼よりも、相手の女を恨むといったじゃないか。そうなら、由美子は、次に女のほうも、殺すはずだよ。由美子は、逃げているし、凶器も見つかっていないから、彼女が、持ち去ったんじゃないかね。次に、女のほうを殺す気で」

と、西本は、いった。

「白井の浮気の相手が、誰なのか、わかっていなかったわ。これから、見つけて、守るのは、大変だわ」

早苗は、難しい顔で、いった。

「十津川警部か、カメさんに、このことを、伝えておく必要があるな」

と、西本は、いった。

二人は、急に不安になり、急いで、道路まで、戻った。

公衆電話を探し、早苗が、東京に、かけた。

「こちらでは、白井が、木下由美子に殺されたことは、まず間違いないことになりました。ただ、西本刑事とも、意見が一致したんですけど、由美子は、このあと、どうする気だろうかと考えますと——」

と、早苗が、十津川に、いいかけると、

「次には、白井の浮気の相手を、殺すんじゃないかということだろう?」

と、先に、いわれた。

「警部も、そう思われますか?」

「ああ。その危険は考えられるよ」

と、十津川は、いった。

「問題は、その女が、誰なのかということなんですが」

「わかってる。今、カメさんたちが、調べていて、何とか、見つけられるだろう」

と、十津川は、いった。

「木下由美子に、第二の殺人は、犯させたくは、ありませんわ」

と、早苗は、いった。

「その点は、私も同じだ。たぶん、間もなく、女の名前が、わかると思っている。その女のガードは、こちらに、任せておけ」

「私と、西本刑事は、これから、何をしたら、よろしいでしょうか?」

「菊ヶ浜で、白井を殺したあと、木下由美子が、どこへ逃げたかを、調べてくれ」

と、十津川は、いった。

早苗は、電話を切ると、十津川の言葉を、そのまま、西本に、伝えた。

西本は、うなずいて、

「木下由美子は、ここで、白井を殺した。夜の八時から九時の間にな。そのあと、歩いて逃げたとは思われない。タクシーを拾ったと、思うんだが――」

「でも、東萩駅から、ここまで乗せたタクシーの運転手は見つかったけど、ここから、彼女を乗せたタクシーは、見つかっていないわ」

「そこが問題かもしれないな。普通なら、夜、海岸から、ひとりでタクシーに乗る女のほうが、印象深いはずなのに、運転手が見つからないというのはね」

と、西本は、いった。

「バスの最終は、何時かしら？」

「午後九時頃じゃないかな」

「それなら、彼女、バスに乗った可能性があるわね」

「ああ。バスかもしれない」

「彼女は、ここで、白井を殺しているから、一刻も早く、萩から離れたかったはずだわ」

「それなら、バスで、東萩駅か、萩駅にいき、列車に、乗ったんじゃないかな」

と、西本は、いった。

萩駅よりも、東萩駅のほうが大きく、特急も停車する。それを考えれば、当然、由美子は、東萩駅へ、向かったろう。

二人は、待たせていたタクシーで、東萩駅へ向かった。

駅へ着くと、県警の刑事が、二人いた。

そのひとり、工藤という中年の刑事が、早苗たちを見て、

「あなた方も、木下由美子が、ここから、列車に乗って逃げたと、考えられたんですか？」

と、声をかけてきた。

「そうですわ」

と、早苗は、うなずいた。

「実は、われわれも、同じ考えで、ここで、駅員から、話をきいていたんですが、どうやら、木下由美子と思われる女が、二一時三七分発の列車に乗ったよう

です」

と、工藤刑事が、いった。

「それは、駅員の証言ですか？」

「そうです。この列車は、上り山陰本線の最終です。駅員の話では、乗客が少ないうえ、ほとんど、顔見知りだった。そのなかに、見なれぬ若い女がいたので、記憶していたということなのです。木下由美子の写真を見せましたら、間違いないと、いっています」

「その列車の行き先は、どこですか？」

と、西本が、きいた。

「山陰本線の益田で、二二時五三分に、着きます」

と、工藤が、教えてくれた。

早苗と、西本は、駅で、時刻表を借りて、山陰地方の列車を、調べてみた。

問題の列車が、益田に着いたあと、上りも下りも、もう列車はない。

次の列車は、翌朝六時四一分発の特急「くにびき」になる。この列車に乗れば、終点の米子に、九時四九分に着く。

米子の先は、この時刻、何本も列車がある。山陰本線を使って、京都《きょうと》へ出てもいいし、伯備線《はくび》で、岡山《おかやま》方面へ出てもいい。あるいは、米子空港から、飛行機で、大阪《おおさか》、東京へも、逃げられる。

「益田へいってみましょう」

と、早苗は、西本に、いった。

木下由美子が乗ったと思われる、二一時三七分東萩発の列車に、二人は、乗った。

普通気動車である。なるほど、乗客は少なく、それに、地元の人という感じの乗客が、ほとんどだった。これなら、きっと、木下由美子は、目立ったろう。

二二時五三分、益田に着いた。

ほかの乗客は、さっさと、改札口を出て、散っていった。地元の人間だから、みんな、帰る家があるということだろう。

益田からは、山陰本線のほかに、小郡へ、山口線が出ていた。米子へ向かわず、小郡へ出た可能性もあると、わかった。

駅の時刻表を見ると、益田発六時〇一分の始発に乗ると、小郡には、八時一八分に着ける。その先は、新幹線が、利用できる。

「それでも、翌朝まで、ここで、夜を明かさなければならなかったはずだわ」

と、早苗は、いった。

5

早苗と、西本は、ホテル、旅館に、当たってみることにした。

駅を中心に、商用客相手の旅館や、ビジネスホテルがあり、少し離れた蟠竜《ばんりゅう》湖《こ》の傍に、国民宿舎がある。

すでに、深夜だったが、二人は、一軒ずつ、当たってみることにした。とにかく、数が少ないことが、頼みだった。

四番目で、反応があった。

駅近くのビジネスホテルKのフロント係が、木下由美子を、覚えていてくれた。

由美子は、事件当日の夜、午後十一時頃、泊まりたいといって、やってきたという。

「最初は、断りましたよ。女性ひとりだし、顔色が悪いし、それに、十一時すぎですからねえ」

と、フロント係は、いった。

早苗も、女ひとりということで、旅館で断られたことがあったから、むっとした表情を作って、

「でも、泊めたんでしょう？」

「ええ」

「なぜ？」

「運転免許証をお見せになって、身元が、はっきりしたからですよ」

「翌日は、何時頃、チェックアウトしました？」

と、早苗は、きいた。

「午前九時頃でした」

と、フロント係は、いう。

「それまでに、どこかに電話したり、誰かが、訪ねてきたことは、ありませんか？」

と、西本が、きいた。

「誰かが、訪ねてくるということは、ありませんでしたね。ただ、電話は、何回も、かけていましたよ」

「どこへ、かけていたんですか?」

「わかりませんが、東京みたいでしたね」

「わからないといっても、記録は、残っているんじゃありませんか?」

「うちでは、各部屋に、電話はついていないんですよ。各階の廊下の端に、公衆電話が置いてあって、それを利用してもらうことになっています」

と、フロント係は、いった。

「それなら、なぜ、東京へかけたと、わかるんですか?」

早苗が、眉をひそめるようにして、きいた。

「着いた日の夜中でしたかね。電話をかけるので、千円札を、くずしてくれといわれましてね。どのくらいくずしますかって、きいたら、東京にかけるんだから、全部、といわれました。翌朝早く、また、千円、くずしましたから、何回も、おかけになったんじゃありませんか」

と、フロント係は、いった。

「電話の内容は、わかりませんか?」

と、西本が、きいた。

フロント係は、小さく、肩をすくめて、

「そこまでは、わかりません。ただ——」

「ただ、何ですか？」

と、早苗が、きいた。

「朝、お客さまに、電話が入りました。チェックアウトする直前でしたよ。その電話があったので、慌ただしくチェックアウトされたのかもしれません」

「どこからかかった電話ですか？　相手は、男、女？」

早苗は、たたみかける調子で、きいた。彼女の頭のなかには、二つの不安があった。木下由美子が、白井の浮気の相手を殺すのではないかという不安と、彼女自身が、絶望から自殺するのではないかという不安だった。そのどちらも、何とかして、防がなければならない。

「東京からで、女性の方でしたよ」

と、フロント係は、いった。

「女性？」

「ええ」

「ホテルに、電話があったんですね？」

「そうです。木下由美子をお願いしますというので、私が、部屋に呼びにいきました。今もいったように、うちは客室に電話がありませんから」

「木下由美子をと、いったんですか？　それとも、木下由美子さんをと、いったんですか？」

「木下由美子をですよ。だから、あれは、家族の人じゃありませんかねえ」

「その電話のあと、彼女は、チェックアウトしたんですね？」

「ええ」

「電話の前に、九時になったら、チェックアウトすると、いっていたんですか？」

と、西本が、きいた。

「いいえ。電話のあとです。うちは、午前十時が、チェックアウト・タイムですから、電話のせいで、早く、帰られたんだと思いますね」

と、フロント係は、いった。

「ここを出たあと、彼女は、JR益田駅へいったのかしら？」

と、早苗が、きいた。

「いや、そうじゃないと思いますよ」

と、フロント係は、いう。

「なぜ、駅じゃないとわかるんですか？」

「タクシーに乗りましたからね。ここから、駅まで、歩いて、五、六分ですよ。わざわざ、タクシーには、乗らないと思いますね」

「そのタクシーは、このあたりの会社のもの？」

「個人タクシーで、運転手は、よくしっていますよ」

「じゃあ、呼んでください」

と、早苗は、命令するように、いった。

6

東田《ひがしだ》という運転手だった。

「そのお客なら、よく覚えていますよ」

と、東田は、いった。

「どこまで、乗せたんだ？」

と、西本が、きいた。

「津和野です」

「津和野のどこまで？」

「駅までですよ。駅へいってくれといわれましたからね」

「津和野へ着くまで、彼女の様子は、どんなだったね？」

「どんなといわれてもねえ」

と、東田は、考えていたが、

「怖い顔をしていましたよ」

と、いった。

「怖いって、どういう感じなんだ？」

西本が、さらに、きいた。東田は、当惑の表情を強くして、

「とにかく、怖い顔でしたよ。ほかに、いいようは、ないなあ」

「しかし、死を覚悟しているとか、相手を殺してやろうとか、いろいろあるだろう」

西本が、強い調子でいうのを、早苗が、制して、

「明日、とにかく、津和野へいってみましょうよ」

と、いった。

由美子が泊まったホテルKに、その夜、二人は、泊まることにし、早苗は、廊下の公衆電話で、東京の十津川に、連絡した。

「由美子にかかってきた電話ですが、彼女の家族からのものだと思いますわ」

と、早苗は、いった。

「女の声なら、母親か、妹だな」

「そう思います」

「すぐ、二人が、益田の由美子に、電話をしたかどうか、問い合わせてみる」

「こちらは、部屋に電話がないので、一時間したら、また、かけます」

と、早苗は、いった。

一時間して、もう一度、電話すると、十津川は、

「母親も、妹も、電話はしていないし、由美子が、益田にいたのもしらないと、いっているよ」

と、いった。

「それ、本当でしょうか？」

「カメさんは、嘘をついている感じだといっているし、私も、同感なんだ」

と、十津川は、いった。

「なぜ、家族は、そんな嘘をつくんでしょうか？　特に、母親なんか、娘の由美子を、探してくれと、頼んでいたわけでしょう？」

「そうなんだがね。事情が、違ってきたんだろう」

「その娘が、萩で、白井を殺してしまったからでしょうか？」

「かもしれないな。家族の情として、由美子を、警察に捕まえさせたくないのかもしれん」

それから、十津川は、白井の浮気相手は、まだ摑めない、といって、電話を切った。

電話がすむと、早苗は、なおさら、暗い気分になった。

今、由美子には、白井殺しの容疑が、かかっている。

そんな時、家族は、どんな気持ちになるものだろうか？

一刻も早く、自首してくれと願うのだろうか。それとも、体を張ってでも、逃がしてやりたくなるものだろうか。

どちらの気持ちも、もっともだとは、思うが、早苗にすれば、前者であってほしいのだ。そうしないと、由美子は、第二の殺人を犯す恐れがあるし、自殺の恐れもあるからである。

翌日、早苗と西本の二人は、昨日の東田という個人タクシーに乗って、津和野に向かった。

益田から、津和野まで、車で、一時間足らずで着く。

ＪＲ津和野駅前で降りた二人は、改めて、駅前の景色を、見やった。

「また、津和野に戻ってきたということか」

と、西本が、呟いた。

「なぜ、彼女は、津和野と、萩にこだわるのかしら？」

早苗は、考えこんで、いった。

「彼女と、白井にとって、思い出の土地だからじゃないのか」

「二人で、津和野と、萩を旅行した思い出ということ？」

「ああ、若い女が、いきたがるコースだからね」

と、西本は、いった。

「だから、思い出の萩で、白井を殺したというわけ？」

「白井にしてみれば、二人の思い出の土地へいけば、彼女の怒りが、おさまるかもしれないと思って、萩で、会ったんじゃないかな。萩から、津和野へ回る気だったのかもしれない。ところが、由美子は、許さずに、萩の菊ヶ浜で、殺してしまった」

「そのあと、この津和野へやってきたのは、なぜなのかしら？」

「考えられるのは、ここで、自殺する気じゃないかということだよ」

と、西本は、いった。

「萩の菊ヶ浜で、白井を、殺したのに？」

早苗は、首をかしげた。

「殺したあと、さすがに、彼女は、自責の念にかられたんじゃないのかね。憎い男だが、死んでしまえば、楽しい思い出が、蘇ってくる。そこで、彼と旅行した津和野へやってきた。そんなところじゃないのかな？」

「じゃあ、自殺の恐れがあるわね」

早苗は、硬い表情になった。

「ああ、あるね」

と、西本も、うなずく。

二人は、再び津和野署を訪ね、事情を話して、協力を要請した。

津和野署でも、萩の菊ヶ浜で、殺人事件があったことで、一も二もなく、協力を約束してくれた。というより、こちらでも、逃走してくる可能性があるということで、容疑者である木下由美子を、捜していたのだ。

萩は、山口県、津和野は、島根《しまね》県だから、捜索は、両方の県警の合同捜査になる。

山口県警からも、多数の刑事が、津和野にやってきた。

人口一万足らずの小さな町を、刑事たちが、木下由美子の顔写真を持って、捜し回る。パトカーも、走り回った。

津和野川に沿って、細長く延びる町に、大袈裟にいえば、山口、島根の両県警の刑事が、あふれた感じだった。

由美子に、自殺の恐れがあるということで、刑事たちも、必死だった。津和野の古い町並みを楽しみにやってきていた観光客たちは、走り回るパトカーのサイレンの音に、びっくりしたに違いない。

早苗と、西本の二人も、県警のパトカーに乗せてもらって、木下由美子を捜した。

今日も、若い観光客、特に、若い女性が多い。すれ違う度に、パトカーを停めて、女の顔を、覗きこむように見る。だが、なかなか、由美子は、見つからなかった。

もちろん、津和野と、周辺のホテル、旅館は調べたのだが、どこにも、彼女が、泊まっている形跡は、なかった。

夕暮れが近づくにつれて、刑事たちの間に、焦燥の色が、濃くなっていった。

早苗たちの乗ったパトカーに、連絡が入る。

由美子と思われる女が、昨日の昼頃、町なかの酒店で、ウイスキーを買ったという連絡だった。

買ったのは、サントリーのリザーブで、現在、宣伝として、グラスが一つついているものだということだった。

「どういうことなのかしら？」

と、早苗は、西本の意見を求めた。

「彼女は、酒が強いのかな？」

「それは、しらないわ。でも、白井を殺した自責の念を、アルコールで、誤魔化そうとするわけじゃないと思うわ」

と、早苗は、いった。

「なぜ、そうじゃないと、思うんだ？」

と、西本が、きく。

「それなら、どこかのホテルか、旅館に入って、ゆっくり飲めばいいのよ。なにも、酒店で買っていく必要はないわ」

「それは、そうだねえ」

と、西本は、考えこんでいたが、急に、表情を変えて、

「ウイスキーは、自殺に使うつもりで買ったんじゃないだろうか？」

「ウイスキーを、がぶ飲みして、死ぬということ？」

「そうじゃないよ。川に飛びこんで死ぬにしても、素面《しらふ》ではできないから、酔っ払って、飛びこむとか、服毒の場合は、ウイスキーと一緒に、飲んでしまうとかだよ」

と、西本は、いった。

第三章　遺　書

1

翌日、由美子の両親も、駆けつけた。

父親は、仕事で道南を回って帰京したばかりだったが、津和野のことをきいて、急遽、飛んできたという。

由美子の妹は、風邪で熱を出して、こられなかったと、母親は、いった。

両親は、津和野の旅館に入り、津和野署に、顔を出した。

母親は、署長の顔を見るなり、

「由美子は、まだ、見つかりませんか？」

と、必死の表情で、きいた。

「今、全力をあげて、捜しているところです。この町は、小さいですから、間もなく、見つかると、思いますよ」

と、署長は、いった。

父親は、硬い表情で、

「さっき、刑事さんが、萩での殺人事件に、由美子が、関係があるようなことを、いっておられましたが、あれは、本当なんでしょうか？」

と、きく。

署長は、当惑の表情になって、

「そんなことを、話していましたか」

「どうなんですか？　関係があると思っておられるんですか？」

父親は、なおも、しつこく、きいた。

「萩で殺された白井敬一郎さんが、あなたの娘の由美子さんと親しかったとわかったので、由美子さんが見つかったら、彼のことを、きいてみようかと、思っているだけです」

と、署長は、慌てて、いった。

「由美子は、人殺しなんかするような娘じゃありませんわ」

母親が、声を震わせるようにして、いった。

「われわれも、犯人と、考えているわけじゃありませんよ」

と、署長は、いった。

「しかし、疑いは、持っておられるんでしょう?」

父親が、きく。

「ただの参考人です。それ以上のことは、考えていませんよ」

署長は、当惑した表情のまま、いいわけがましく、いった。

両親は、津和野署で、娘が見つかるのを、じっと待ってはいられないといって、町へ出ていった。

夜に入っても、捜索は続けられたが、由美子は、見つからなかった。

刑事たちも、疲れ切り、午後十一時には、捜索を中止した。休息することになった。

そのなかには、警視庁の西本と北条早苗も、いた。

「もう、津和野の外へ出てしまっているんじゃないかな。われわれは、彼女より、丸一日遅れて、この津和野に着いて、それから、捜し始めたんだからね」

と、西本が、疲れた顔で、いった。

「じゃあ、どこへ逃げたと、思うの?」

と、早苗が、きく。

「東京へ帰ったのかもしれないし、どこか、遠いところへいってしまったのかもしれない。海外へ出ていなければ、北海道の北の端とか、沖縄とかね」

「それ、ロマンチックに考えすぎてるわ。彼女は、そんなロマンチックな気持にはなれないはずなのに」

「しかし、この津和野で、じっと、何を待っていると、思うんだ？」

と、逆に、西本が、きいた。

「たぶん、彼女に電話してきた人を、この町のどこかで、待っているんだと思うわ。ここへきたんだって、その人に、会うためだったかもわからないもの」

「ウイスキーを買ったのは、その相手と、乾杯するためかい？」

「さあ、まだ、彼女だと、断定していいかどうか」

と、早苗は、いった。

二人は、新しい情報を得るために、津和野署に顔を出した。

そこにいた刑事たちは、一様に疲れ、机に、俯せになって眠ってしまっていたり、眠気を覚すためか、顔を洗ったりしていた。

署長にきいても、何の進展もないということだった。

由美子の両親は、警察が、捜索を中止した今も、懐中電灯を手にして、探し回っているということだった。

「ご両親にしたら、さぞ、切ないでしょうね」

と、早苗は、表情を曇らせて、呟いた。

「だろうね。警察が、由美子を殺人容疑者と考えていることは、うすうす、気づいているだろうからね。見つけ出しても、萩の殺人事件の重要参考人になることは、間違いないんだ」

と、西本も、いった。

「それでも、ご両親にしたら、一刻も早く、見つけたいと、思っているに違いないわ。それも、無事にね」

と、早苗は、いった。

二人は、津和野署で、寝させてもらうことにした。

署内の電話で、東京の十津川に、報告してから、毛布を借りて、眠ることにした。

東京のほうも、白井の浮気相手が、見つからないままでいた。

翌日、早苗と、西本は、署内の騒がしさで、目を覚した。

「何があったんですか?」

と、西本が、刑事のひとりに、きくと、

「木下由美子が、見つかったそうです」

という返事が、はね返ってきた。

2

津和野の町を見下ろす小高い山の上に、津和野城跡がある。

リフトで、近くまで、登っていくのだが、城跡の周辺には、これといった観光の対象になるものがないので、ここへあがっていく、観光客は、少ない。

その城跡のさらに奥は、うっそうとした林になっている。

木下由美子の死体は、その林のなかで、発見された。

彼女は、仰向けに、横たわっていた。青酸中毒死であることは、ピンク色の顔の皮膚と、鼻を近づけると、甘いアーモンドの匂いがすることで、すぐ、わかった。

死体の横には、ショルダーバッグと、サントリーのリザーブの瓶が転がっていた。

さらに、おまけのグラスも、見つかった。

彼女の死体は、すぐ、司法解剖に回され、サントリーリザーブの瓶とグラスは、鑑識に回された。

早苗が、十津川に電話すると、

「やはり、死んでいたか」

と、十津川は、いった。

「そうなんです。発見したのは、早朝から、捜索を再開した県警の刑事ですわ」

「両親は、さぞ、がっかりしているだろうね？」

「はい。マスコミが、両親の談話を取ろうとして、津和野署に押しかけてきていますが、両親は、今は、何も話したくないといって、隠れていますわ」

「それが、当然だろうね。それで、木下由美子は、殺されたのかね？　それとも、自殺なのかね？」

「まだ、わかりません。今、津和野署で、調べています。特に、遺書がなかったかどうかをですわ」

と、早苗は、いった。

津和野署では、死体の傍にあったショルダーバッグの中身を、入念に調べているはずだった。

もし、遺書が見つかれば、記者会見をして、発表することになっていた。

午後一時に、津和野署が、記者会見を、開いた。

署長が、緊張した顔で、

「木下由美子のショルダーバッグを調べたところ、遺書と思われるものが、発見されましたので、それを、お見せします。ご両親に見せたところ、娘さんの筆跡に間違いないと、証言されました」

と、いい、便箋に書かれたものを、記者たちに見せ、コピーを配った。

〈考えてみれば、私のしてきたことは、絶対に許されないことです。私は、その責任をとって、自らの命を絶ちます。

これで、許されるかどうかはわかりませんが、今の私にできる、せめてもの償いは、これしかありません〉

「これを書くのに使ったと思われるサインペンも、ショルダーバッグに入っていました。サインペンについていた指紋も、もちろん、木下由美子のものです」

と、署長は、説明した。

「すると、彼女は、萩で、恋人の白井敬一郎さんを殺し、この津和野へきて、自殺したことになるわけですか？」

と、記者のひとりが、きいた。

「そう考えざるを得ません」

「山口県警も、同じ意見ですか？」

と、もうひとりの記者が、同席している山口県警の警部に、きいた。

「同じ考えです」

と、その警部が、答えた。

「署長に、また、ききますが、これですべて、解決したわけですか？」

と、記者が、質問する。

「いや、すべてとは、いいません。まだ、解剖結果は、出ていません。木下由美子が、青酸カリを飲んで亡くなったことは、間違いないと、思っていますが、その青酸カリを、いつ、どうやって入手したかという問題が出てきます。事件の完全な解決は、そのあとだと、思っています」

と、署長は、慎重に、いった。

しかし、木下由美子が、萩で、恋人の白井を殺し、津和野で、自殺したという推理には、確信を持っている感じだった。

早苗と、西本も、遺書のコピーをもらって、津和野署を出ると、十津川に、電話で、報告した。

「遺書があったのか」

と、十津川は、ちょっと意外そうな声を出した。

「そうです。筆跡も、両親が間違いないといっていますから、木下由美子が書いたことは、まず、間違いないと思います」

と、早苗は、いった。

「島根県警も、山口県警も、これで、事件は解決と見ているのかね？」

「みていますわ。あとは、解剖結果と、青酸カリの入手経路ですが――」

「ちょっと、待ってくれ」

と、十津川は、急に、いってから、

「今、ファックスで、青酸カリの入手経路についての調査依頼が、きたよ」

「そうですか」

「これで、木下由美子が、青酸カリを入手していたことがわかれば、本当に、事件は解決だな」

と、十津川は、いった。

夜になって、司法解剖の結果が、出た。

死因は、やはり、青酸中毒による窒息死だった。

死亡推定時刻は、三日前の午後一時から二時の間だった。

彼女は、この日、益田のビジネスホテルを、午前九時に、チェックアウトし、タクシーで、津和野に向かっている。

益田から、津和野まで、車で、約一時間、十時には、着いている。

そして、午後一時から二時の間に、死んでいるのだ。

また、サントリーリザーブの瓶と、グラスの中身についての発表もあった。

リザーブの瓶には、中身が、まだ、三分の二ほど、残っていたが、このなかには、青酸カリは、混入されていなかったという。その代わり、グラスからは、青酸反応が、出たということだった。

東京では、十津川が、刑事たちに、木下由美子の周辺を、調べさせた。

その結果、青酸カリの入手経路らしきものが、浮かんできた。

由美子の高校時代の友人で、現在、練馬《ねりま》区のメッキ工場の事務員として働いている女性がいる。

名前は、浅井亜紀《あさいあき》。高校時代の親友だった。

「高校を出てから、ずっと会わなかったんですけど、一カ月前ぐらいに、急に訪ねてきて、それから、何回か、会いにくるようになっていたんです」

と、亜紀は、いった。

「工場に、訪ねてきていたんですね？」

と、亀井が、きいた。

「ええ」

「それで、何があったんですか？」

「鍵をかけておいたはずなんですけど、青酸カリの粉末が、減っていました」

と、亜紀は、いう。

「木下由美子が、盗んだと、思いますか？」

と、十津川は、遠慮なく、きいた。

「そうは思いたくないんですけど、彼女がきてから、減ったものですから」

亜紀は、当惑した顔で、いった。

「減った量は、どのくらいですか？」

「微量ですけど」

「人をひとり殺すには、充分な量ですか？」

と、十津川は、きいた。

「ええ。充分ですわ」

と、亜紀は、いった。

由美子が、突然、足繁く、亜紀を訪ねてきたことや、彼女がくるようになってから、量が減ったことを考えると、彼女が、青酸カリを、盗んだと思わざるを得なかった。

十津川は、この結果を、島根県警と、山口県警に、報告した。

これで、両県警とも、今回の事件が、解決したと、発表することになるだろう。

「君たちは、もう帰ってきたまえ」

と、十津川は、北条早苗と、西本の二人の刑事に、命じた。

3

北条早苗と、西本の二人が、帰京した。

二人は、遺書のコピーを、持ってきた。十津川は、それを、黒板に、ピンで、留めた。

山口県警は、十津川の予想どおり、翌日、白井殺害事件は解決したとして、捜査本部の解散を、発表した。

これに対して、十津川たちが、異議を唱《とな》えることは、できなかった。

二つの事件は、島根県警と、山口県警の所管だったからである。

「あいつを殺しにいってきます」と置手紙して、旅に出た木下由美子は、恋人の白井敬一郎を萩で殺し、津和野で自殺して、事件は、終わった。

テレビも、新聞も、そう報じた。

〈恋人の浮気を許せなかったのか?〉

〈殺す以外にも、解決の方法があったのではないか?〉

と、書いた新聞もあったし、からかい気味に、

〈浮気な男は、ご用心〉

と、書いた新聞も、あった。

「どうも、しっくりしませんねえ」

と、亀井が、新聞をほうり投げて、十津川を見た。

「何がだね？　カメさん」

「これと、はっきりいえないんですが、すべてが、少しずつ、納得できない感じなんですよ」

「カメさんの、その気持ちは、わかるよ。私も、具体的には、指摘できないんだが、納得できないんだ」

と、十津川は、いった。

「一つずつ、あげていきますか？」

「ああ、いいね。ただし、それを、島根と、山口の両県警に、送りつけるわけに

はいかないがね」

と、十津川は、いった。

「第一に、気になるのは、木下由美子の遺書ですよ」

と、亀井は、いって、黒板にピンで留めた遺書のコピーに、目をやった。

「しかし、筆跡は、彼女のものだと、証明されているよ」

十津川は、わざと、反対意見を、口にした。

そうすることで、納得できない点が、鮮明になってくると、十津川は、思ったからである。

「そうなんですが、文章が、どうも、気に食わないんです。彼女は、憎しみから、恋人の白井を殺したわけでしょう？　それなのに『考えてみれば――』なんて、他人事《ひとごと》みたいな書き出しになっています」

と、亀井は、いった。

「そうだね。絶対に許されないとか、せめてもの償いなどと書いているのに、全体が、確かに、他人事みたいな感じだね」

「そうでしょう」

「ほかには？」

「彼女が、あいつを殺してやるといって、旅行に出た時、白井は、まだ、東京の自宅にいたというのも、何だか、奇妙ですね。彼女が、白井を、萩に呼び出したということになるんでしょうが」

と、亀井は、いった。

「私は、そこは、あまり、違和感は、なかったんだよ。由美子が、最初から、思い出の萩に、彼を呼びつけて殺してやると、考えていたとすればね」

と、十津川は、いった。

「白井を、萩で殺したのに、由美子が、津和野まで逃げて、自殺したというのも、引っかかりますねえ。同じ萩で、自殺したというのなら、納得できるんですが」

「萩では、死に切れずに、津和野まで逃げて、自殺したんだとは、考えられないかね？」

「まあ、そう考えざるを得ないんですが、どうも、しっくりしません。東京まで帰って、両親や、妹に会ってから、自殺したというのなら、納得なんですが」

と、亀井は、いった。

「そういえば、あの遺書が、誰に宛てたものかも、わからないね。普通は、両親とか、会社の上司に書くものだろうがね」

と、十津川は、いった。

「白井が、のこのこ、萩にいったのも、変だと思いますね。私たちは、白井に、由美子の置手紙のことを、一応、しらせているんですから」

「それは、彼女の誤解を解こうとして、慌てて、出かけたということも、考えられるよ」

と、十津川は、いった。

「そうですかねえ」

亀井は納得できないという顔をした。

その時、若い西本刑事が、一通の封筒を持って、十津川のところに、やってきた。

「これが、今、届きました」

と、西本は、いった。

速達の赤い文字が、まず、目に入った。

〈警視庁捜査一課　十津川警部様〉

と、ワープロで、打たれてあった。裏を返してみたが、差し出し人の名前は、ない。

十津川は、封を切り、なかの便箋を取り出した。便箋にも、ワープロで、文字が、打たれていた。

〈萩で起きた殺人事件の犯人は、木下由美子ではありません。彼女が、そのために、津和野で自殺したというのも、間違っています。彼女も、殺されたのです。萩で白井敬一郎を殺した人間が、彼女も、殺したのです。警察は、大きく目を開いて、真実を、見つけてください。お願いします〉

十津川は、読んだあと、亀井に、渡した。亀井が、見ている間、十津川は、封筒の消印を、調べてみた。消印は、東京中央となっていた。

「私たちのほかにも、納得できない人が、いたわけですね」

と、亀井が、いった。

「そのようだね」

「いったい、誰でしょうか？」

「とっさに、木下由美子の家族じゃないかと思ったんだがね」

「なるほど。家族にしてみれば、彼女が、人殺しというのは、堪えられないでしょうからね」

「だが、違うね」

「なぜですか？」

「家族なら、もっと、具体的に、いってくるだろうし、匿名には、しないだろう。実名で書き、由美子が、白井を殺すはずがないという理由を、具体的に、書いてくると、思うからだよ」

と、十津川は、いった。

「しかし、木下由美子の家族ではないとすると、いったい誰が、こんな手紙を、よこしたんでしょうか？」

と、亀井が、首をかしげた。

「いろいろ、考えられるよ。由美子が勤めていた銀行の同僚かもしれないし、彼女が卒業した学校の恩師かもしれない」

と、十津川は、いった。

4

「これを、どうしますか？」

と、亀井が、当惑した顔で、机の上に置いた手紙を、見た。

十津川も、どうしたらいいか、わからない。

上司の三上刑事部長や、本多一課長に見せても、すでに終わった事件だから、そんな手紙は、無視するようにと、いわれるに、決まっていた。

島根と、山口の両県警に、送りつけることは、なおできないことだった。こちらの意見をつけずに送っても、向こうの警察に対して、内政干渉になってしまう。

と、いって、十津川は、この手紙を、無視するわけには、いかなかった。

もともと、今度の事件の解決には、納得できないものがあるのだ。

「われわれだけでも、事件の捜査を、続けたいですね」

と、亀井が、いった。

「同感だが、果たして可能かね？」

「新しく事件が、起きれば、完全に、できなくなりますし、そうでなくても、表立っての捜査は、不可能です」

と、亀井は、いった。

「と、いって、この手紙を、無視も、できない」

と、十津川は、いった。

「橋本に、頼みますか？」

と、亀井が、いった。

橋本は、元捜査一課の刑事で、現在は、私立探偵を、やっていた。気心は、しれているし、調査にも、信頼が、おける男だった。

「まあ、少し、考えてみよう」

と、十津川は、慎重ないい方をしたが、その日のうちに、世田谷《せたがや》で殺人事件が発生して、十津川も、亀井も、その捜査に、かり出されることになった。

十津川は、橋本に、頼むことに決め、捜査の合間に、電話をかけた。

「費用は、君の銀行口座に振り込むから、木下由美子と、白井敬一郎のことを、もう一度、調べてほしいんだよ。特に、由美子が、殺したいほど、白井を憎んでいたかどうかだ」

と、十津川は、いった。

「わかりました」

と、橋本は、電話の向こうで、うなずいた。

「男女間のことは、民間人の君のほうが、調べやすいかもしれないな」

と、十津川は、冗談でなく、いった。

調査方法については、橋本に、任せることにした。日本の場合、私立探偵は、免許は必要ないが、逆に、何の権限もない。警察と同じように、調べてくれと頼むことが、無理なのだ。

橋本に頼んでおいて、十津川は、世田谷区代田《だいた》×丁目のマンションで起きた殺人事件の捜査に、没頭した。

殺されたのは、独身の若い女性である。名前は、早見《はやみ》まり子で、新宿のカメラ店で、働いていた。仕事は、経理だが、スタイル抜群の美人で、この店の主催する撮影会で、モデルも、やっていたという。

二十五歳だから、当然、ボーイフレンドもいるが、結婚を約束した相手は、いなかったらしい。

まり子は、首を絞められて、殺されていた。

司法解剖の結果、死亡推定時刻は、発見された日の前日の午後十時から十一時の間となった。

このことから、犯人は、顔見知りの可能性が、強くなった。

と、いうのは、まり子は、用心深い性格で、夜遅く、見知らぬ人間を、部屋に入れるとは、思えなかったからである。

1LDKの部屋で、十二畳の広い居間のソファの上に、彼女の死体は、横たわっていた。どうやら、夜遅く訪ねてきた犯人と、居間で、応対しているうちに、突然、襲われたらしい。テーブルの上には、コーヒーカップが二つ置かれていたが、客のほうには、手がつけられていなかった。

まり子が、ほとんど、無抵抗だったのは、相手を、信用していたからだろう。自分が、殺されるとは、まったく考えていなかったのではないか。

犯人は、巧みに、彼女の背後に回り、いきなり、首を絞めたものと、十津川は、考えた。

検視官は、首を絞めたのは、かなり力の強い人間だろうと、いった。

「ボーイフレンドのひとりかもしれませんね」

と、亀井が、いった。

それなら、夜遅く訪ねてきても、鍵を開けて、なかに入れるだろう。

まり子が、つき合っていた男たちを、リストアップし、アリバイを調べること

から、捜査が、始められた。

何人かの男の名前が、浮かんできた。そのなかには、彼女が働いていたカメラ

店の上司の名前もあった。

「なかなか、異性関係は、派手だったようですね」

と、亀井が、苦笑し、十津川は、

「それが、殺しに繋がったのかもしれないな」

と、いった。

若い女が殺された場合、動機のほとんどが、異性関係のもつれである。顔見知

りの犯行となれば、確率は、さらに、高くなってくる。

十津川たちは、まり子と、何らかの関係のあった男、ひとりひとりに当たり、

アリバイを調べていった。

死亡推定時刻が、午後十時から十一時ということで、当然、アリバイは、不確

かなものになってくる。

独身の男性なら、なおさらだった。当然、調べた五人の男のうち、三人は、そ

の時間に、ひとりで、自分のマンションで、テレビを見ていたと、主張した。

曖昧なアリバイだが、それを、崩すのは、難しい。本人が、その時間、テレビを見ていたことを証明するのは難しいが、見ていなかったと証明するのも、難しいからである。

この三人については、動機から、攻めていくことにした。まり子を殺す、切羽つまった動機を持っていたかどうかである。

最近、彼女が、冷たくなっていなかったか、逆に、男のほうが、わかれたがっていなかったか、あるいは、金の貸し借りがなかったか、といったことを、綿密に、調べていった。

だが、これという決め手は、なかなか、見つからなかった。

そんな状況で、三日間がすぎた時、橋本から、十津川に、電話があった。

「早見まり子のことですが」

と、橋本が、遠慮がちに、いった。

「捜査は、難航しているよ」

「そうですか」

「君の知り合いか何かなのか？」

「実は、警部に頼まれた木下由美子のことを調べていたら、早見まり子の名前が、浮かんできまして」

と、橋本は、いった。

5

受話器を持つ十津川の手に、力が、入った。

「早見まり子と、木下由美子と、どういう関係なんだ?」

と、十津川は、きいた。

「二人は、高校時代の友人で、親友です」

と、橋本は、いった。

「高校のか」

「中学も一緒です。高校を卒業後、木下由美子は、大学にいき、早見まり子のほうは、簿記の専門学校へいっています」

「なるほど。それで、まり子は、カメラ店の経理をやっていたのか」

「高校卒業後も、二人は時々、会っていたようです」

「それで、君が、木下由美子のことを、調べていったら、早見まり子の名前が、出てきたというわけか」

「そうなんです」

「しかし、それだけじゃあ、どうしようもないな。二人が、親友だったということが、今度の事件に、どう関係してくるかが、わからないとね。関係がないなら、何のヒントにもならないよ」

と、十津川は、いった。

「残念ながら、その点は、わかりませんが、木下由美子は、今度の旅行に出る直前、早見まり子に、会っているらしいのです」

と、橋本は、いった。

「それは、面白いね。興味を引かれるよ」

「問題は、その時、二人が、どんな話をしたかだと、思うんですが」

「そうだな。何か、事件に関係するようなことを話していたとすれば、役に立つよ。しかし、二人とも、死んでしまっているからね」

「この二人と、仲のよかった高校時代の同窓生を、片っ端から、当たってみようと、思っています」

と、橋本は、いった。

「それは、君に頼もう。こちらは、早見まり子の死を、独立した事件として、追わなければならないからね」

と、十津川は、いった。

その電話が切れると、十津川は、目を光らせて、亀井を呼び、今の橋本の電話を、伝えた。

亀井も「そうですか」と、うなずき、

「ひょっとすると、白井敬一郎、木下由美子殺しと、同じ犯人の仕業ということも、考えられるわけですね」

と、いった。

「その可能性が、出てきたというわけだよ。しかし、今のところ、可能性だけだ」

十津川は、慎重に、いった。

「木下由美子と、早見まり子とが、最後に会った時、何を話したか、しりたいですねえ」

「その内容によっては、同一犯人の可能性が大きくもなるし、ゼロにもなってくる」

と、十津川は、いった。

翌日の夕方に、橋本が、また、電話してきた。

橋本は、今日は、弾んだ声で、

「昨日報告した件で、面白いことが、わかりました」

と、いう。

十津川は、期待しながら、

「それを、話してくれ」

「二人の高校時代の友人のひとりが、こんなことを、話しています。早見まり子が、彼女に、電話してきて、木下由美子から、会いたいと電話があったので、新宿で、会ったといったというわけです。そのとき、由美子が、妙なことをいったので、悩んでいると、まり子は、いったそうです」

「その妙なことというのは？」

と、十津川は、きいた。

「由美子は、まり子に会うなり、悲しそうな顔で、私は、結婚できない。その資格がないんだと、いったそうです」

「結婚できない。資格がない？　どういう意味なんだ？」

「まり子は、もちろん、理由をきいたようですが、由美子は、いわなかったようです」

と、橋本は、いった。

「相手は、白井敬一郎なのかね？」

「そうです。今日会った女友だちも、由美子が、結婚するとしたら、白井だと思っていたと、いっています」

「結婚できなくなった理由は、白井敬一郎にあったんじゃないのか？　もし、そうなら、進展はないことになるよ」

と、十津川は、いった。

「早見まり子も、その時、白井さんが、浮気でもしたのと、由美子に、きいたようです」

「それで、由美子の返事は？」

「違うと、いったそうです」

「違うといっただけでは、はっきりしないな。負け惜しみで、そういったのかもしれない。本当は、白井の浮気が原因で、結婚できないと、いったのかもしれないじゃないか」

十津川は、あくまで、慎重ないい方をした。

「その点ですが、今日会った女性も、もうひとり会った同窓生も、こういっているのです。由美子は、確かに潔癖だが、同時に、気も強いから、白井が浮気したのなら、その相手に会って、思い切り引っぱたくか、ほかの男と、さっさと結婚して、白井に見せつけるだろう。白井を呼び出して、殺したりはしないというのです」

「そうか。わかった」

と、十津川は、いった。

「それに、白井敬一郎の身辺を、調べてみましたが、彼が、木下由美子のほかに、深くつき合っていた女性は、見つかりませんね。軽いつき合いの女性は、いたかもしれませんが」

と、橋本は、いった。

6

「結婚できない。資格がない――ですか」

と、亀井が、呟いた。

橋本との電話をすませた十津川は、

「カメさんは、どういう意味だと思うね？」

と、きいた。

「そうですねえ。そのまま受け取れば、浮気をしたのは、白井ではなく、木下由美子のほうだったということになりますね」

と、亀井は、いった。

「だが、彼女は、潔癖な性格だそうだ。そんな女が結婚する相手がいるのに、浮気をするだろうか？」

「まず、しませんね」

「そうだろう。とすると、どういうことになってくるんだ？」

「レイプ――ですか？」

と、いって、亀井は、十津川を見た。

「そうだよ。考えられるのは、それだけだ。『あいつを殺しにいってきます』という由美子の置手紙の意味も、納得できるよ」

と、十津川は、笑顔を見せて、いった。

「その『あいつ』というのが、レイプの相手というわけですか？」

「そうだよ」

「しかし、レイプの相手が誰か、見つけ出すのは、大変ですよ。もし、偶然、出会った男が、突然、由美子に襲いかかったのだとしたら、名前も、わかりませんからね」

と、亀井が、いう。

「しかし、由美子本人は、どこの誰かしっていたわけだよ。だから、相手を殺しに、旅に出たんだ」

と、十津川が、いった。

「そうでしたね。そうなると、相手は、彼女がいった萩か、津和野の人間ということになってきますね。東京の男なら、わざわざ、旅に出なくても、いいわけだから」

亀井が、身を乗り出すようにして、いった。

「そのとおりだ」

と、十津川は、大きくうなずいた。

「由美子は、津和野で、自分をレイプした相手に会い、殺そうとしたが、逆に、殺されてしまったということになりますね」

「そうなるね」

「なぜ、白井まで、殺されてしまったんでしょうか？」

と、亀井が、いった。

「それを、どう考えるかだな」

十津川は、宙に、目を走らせた。

事件に、新しい光が差したのは、確かなのだが、それだけに、へたな方向に走ると、今度こそ、本当の袋小路に入ってしまうだろう。

「最初から考えてみよう」

と、十津川は、いった。

「最初というと、木下由美子が、レイプされた時点ということですか？」

亀井が、きく。

「そうだ。たぶん、由美子は、萩、津和野へ旅行した時に、レイプされるという、ひどい目にあったんだと思う」

「その旅行に、白井が、一緒だったとは、思えませんね」

「ああ。彼女は、その時、ひとりでいったんだろう。萩、津和野というルートは、若い女性に人気があって、女性のひとり旅も、多いからね」

と、十津川は、いった。

十津川と、亀井が、萩、津和野と、回った時も、若い女性のひとり旅や、女性だけのグループ旅行にも、ぶつかっている。

それが、いつだったかわからないが、由美子は、ひとりで、萩、津和野と回り、どちらかで、犯人の男に出会い、レイプされたに、違いない。

このため、由美子は、白井との結婚を諦めた。それが、同窓生の早見まり子にいったという「結婚はできない。私には、その資格がない」という言葉に、示されているとみていいだろう。

由美子は、どうしても、相手を許せず、殺すつもりで、もう一度、萩、津和野に、出かけた。

「青酸カリを、手に入れたのは、相手の男を、それで、毒殺する気だったんでしょうね」

と、亀井が、いった。

「同感だな」

と、十津川は、うなずいた。

「問題は、白井ですが、彼は、われわれに、由美子が旅に出たことをしらされると、慌てて、そのあとを追うように、出かけました。彼は、由美子が、レイプされたことを、しっていたんでしょうか？」

「わからないね。たぶん、正確には、しらなかったと、思うよ。由美子が、いうはずがないからね。だが、由美子の身に、何かあったのではないかと、考えていたと思うね。萩、津和野のひとり旅から帰ったあと、彼女の態度は、変わっていたに違いないからだ」

と、十津川は、いった。

「だから、不安になって、慌てて、由美子のあとを、追ったんでしょうね」

「そして、殺されてしまった」

「犯人は、由美子をレイプした男ですかね？」

と、亀井が、きく。

「そう考えるのが、妥当だろうね」

と、十津川が、いった。

「しかし、問題が一つありますね」

「犯人が、なぜ、白井を殺したのかということだろう？」

「そうです。それはつまり、犯人が、白井のことを、どうして、しっていたか、逆にいえば、白井が、なぜ、犯人に出会えたかということなんです。白井が、恋人の由美子がレイプされたことを、しらなかったと、思われるのにです」

と、亀井は、いった。

十津川は、しばらく考えていたが、

「こういう説明は、どうかね。白井は、心配になって、由美子のあとを、追った。そして、萩で追いつき、何もかも話してくれと、彼女につめ寄った。彼女は、隠し切れなくなって、すべてを、白井に、打ち明けた。レイプの相手の名前や、人相をだよ。白井は、そいつを見つけて、謝らせよう、謝らなかったら、殴り倒してやる。だが、殺してはいけないと、由美子にいい、二人で、手わけして、萩の市内を、探すことになった」

「そして、白井が、先に、犯人を見つけたということですね？」

「そうだ。萩のあの浜辺で、相手を見つけたのか、白井が、連れていったかは、わからないが、あそこで、白井は、犯人を、難詰したんだろう。殴ったかもしれない。犯人は、謝った。そこで、白井は、これですんだと思い、ほっとして、背を見せた。そこを、やられたんじゃないだろうか」

と、十津川は、いった。

「考えられますね」

「由美子は、あの浜にやってきて、白井が、殺されているのを発見する。犯人は、自分をレイプした男に違いない。だが、このままでは、犯人を見つけるどころか、自分が疑われ、捕まってしまう。そこで、ひとまず、津和野に、逃げることにした」

と、十津川は、北条早苗と西本の二人が、萩へいき、木下由美子の足跡を追ったときのことを、思い出しながら、いった。

「由美子は、津和野へ逃げて、そこで、犯人に、出会ったわけですね？」

「たぶん、白井を殺した犯人も、津和野へ逃げていたんだろう。津和野は、小さな町だ。二人は、出会った。由美子は、毒殺しようとしたが、犯人のほうが、一枚うわてで、彼女が、毒殺されてしまった」

と、十津川は、いった。

「それを、われわれは、由美子が、白井を殺し、自殺したと、考えてしまったわけですね」

と、亀井は、口惜しそうに、いった。

「少しは、疑問を、持っていたさ」

と、十津川は、いった。

疑問を持っていたからこそ、調べ続けていたのだ。

第四章　モンタージュの男

1

十津川は、萩警察署と、津和野警察署に電話をかけ、今までに、観光客の女性が、襲われたことがなかったかどうか、きいてみた。

津和野署からは、ここ二年ほどは、そうした事件は、起きていないという返事だったが、萩署のほうは、

「一昨年と、去年、続けて、観光客の若い女性が、襲われています」

と、いった。

「それで、犯人は、捕まったんですか?」

と、十津川は、きいた。

「ひとりは、捕まりました」

「ひとりというと、犯人は、何人もいたんですか？」

「被害者は、一昨年が二人、去年がひとりなんですが、彼女たちの証言が、まちまちでしてね。観光客のうちの二十五歳の男を逮捕し、自供もしたんですが、彼は、一昨年、ひとりしか、襲っていないと、いっているわけです」

「一昨年の別の犯人は、去年の犯人と同一人なんですか？」

「被害者の証言によると、よく似ています。年齢は、三十歳前後で、身長は百八十センチ、痩せていて、観光客の女性、特に、ひとりでやってきている女性に向かって、自分は、ボランティアで、市内の案内をしているといって、近づくそうです。当たりが柔らかで、フリーのカメラマンを自称しているらしく、若い女性は、信用してしまうようです」

「その男は、萩の人間なんですか？　それとも、その男自身も、観光客なんですか？」

と、十津川は、きいた。

「女性に近づく時、自分は、萩の生まれで、東京の美術大学を出たあと、カメラマンになった。いくつかの賞をもらったが、自分の故郷を、じっくりと、カメラにおさめたくて、戻ってきたと、いっているようです」

「今のところ、一昨年と、去年の一件ずつが、未解決ということですか？」

「そうですが、警察にしらせない女性もいるでしょうから、被害者は、もっと多い可能性があります」

「モンタージュは、できているんですか？」

「二人の被害者の証言をもとにして、作成してあります。お送りしますよ」

「お願いします」

「この男が、今回の事件に関係していると、思われるわけですか？」

「津和野で自殺したとされた木下由美子は、ひとり旅で、萩、津和野にきた時、レイプされたのではないかと思われるのです。そのため、彼女は、恋人との結婚を諦めたのではないか。その代わり、自分をレイプした男を見つけ出して、殺してやりたいと思っていたらしいのですよ」

と、十津川は、いった。

「それは、いつのことなんですか？」

「今、彼女が、ひとり旅したのは、いつかを調べています」

と、十津川は、いった。

「すると、木下由美子は殺された可能性があると、お考えなんですか？」

「そのとおりです」

「萩の菊ヶ浜で殺された青年がいましたが、この犯人も、同じ男と、思われるわけですか？」

と、相手がきく。

「そうではないかと、思います。殺された白井敬一郎ですが、彼は、木下由美子から、彼女をレイプした男の人相などを、きいていたんじゃないかと思っているのです」

「それで、たまたま、菊ヶ浜で、犯人に会い、警察に連れていこうとして、逆襲され、殺されたというわけですか？」

「木下由美子の死は、白井敬一郎殺害を償っての自殺、ということで事件は解決をみたわけですが、われわれは、そう考えるようになってきています。ぜひ、事件の見直しに、ご協力をお願いしたいのです」

と、十津川は、いった。

「そのとおりだとすると、犯人は、萩市内に住んでいた可能性がありますね。そんな若い女性の敵が、萩市内に住んでいたのでは、萩の恥にもなりますので、あぶり出して、捕まえてやりますよ」

「どうやってですか？」

「まず、モンタージュを、マスコミで、もう一度、発表してもらいます。そして、今度は、殺人容疑という文言も、つけ加えますよ」

と、相手は、張り切って、いった。

2

ファックスで、問題の男のモンタージュが、送られてきた。

細面《ほそおもて》の、なかなか美男子だった。

身長も高いし、話し方も優しいというから、ひとり旅の若い女性が、簡単に、引っかかったのかもしれない。

二枚目のファックスには、この男の手口が、電話で話してくれた以外にも、次のように、書かれていた。

〈彼は、白いスポーツタイプの車を、運転しています。それが、彼の女狩りの武器というわけです。この車は、どうやら、トヨタのセリカと思われますが、確かでは、ありません。

彼は、最初は、ひじょうに優しく、物を持ってくれたり、喉が渇いてきたなと思うと、すかさず喫茶店に案内して、冷たいものを、注文してくれるようです。

ところが、安心していると、車を、人気のない場所に駐め、突然、ナイフを取り出して、脅し、レイプするというのです。その豹変ぶりに、女性のほうは、抵抗ができないのだといいます。

また、カメラマンを自称しているだけに、車のなかには、高級カメラ（ライカと思われる）が、置いてあり、そのカメラで、自分がレイプした女性の写真を撮っていたようで、そのため、名乗り出られない被害者もいると思われます。

レイプのあと、男は、自分は、人殺しをして、刑務所へいったことがあると、すごんでいますが、これが、事実かどうかは、わかりません。

被害者のひとりは、男の言葉には、関西訛りがあったといっていますが、もうひとりは、わからないと、いっています〉

翌日の新聞に、このモンタージュと、萩警察署の見解が、載った。

もちろん、木下由美子が、この男にレイプされたとは、書かれていない。ただ、菊ヶ浜で殺された白井と、津和野で服毒死を遂げた由美子の事件を見直していたが、このレイプ犯が、容疑者として、浮かびあがってきたとは、書かれていた。

十津川が、その新聞記事を、見ているところへ、電話が、かかった。

「木下です」

と、いわれても、とっさに、誰か、わからなくて「え?」と、きくと、

「木下です。由美子の父親の」

と、中年の男の声が、いった。

「ああ、お父さんですか」

「新聞に載っていたことは、本当なんでしょうか?」

と、木下は、甲高い声で、きいた。

「今のところは、疑いがあるということです」

と、十津川は、慎重にいった。

「しかし、モンタージュの男が、白井君と、由美子を、殺したんでしょう?」

「それは、あの男を、捕まえてみなければ、わかりません」

「この男は、まだ、萩に住んでいるんですね？」

「それも、わかりません」

「私が、見つけます」

「何ですって？」

「私が、捕まえて、娘の敵を討ちます！」

木下は、声を大きくして、いった。

十津川は、慌てて、

「私刑《リンチ》は、困ります。いけませんよ」

「だが、その男は、私の娘を、殺したんでしょう？　それなら、私が、娘の敵を討つのは、当然の権利じゃありませんか」

「木下さん。まだ、この男が、犯人だと、決まったわけじゃないんですよ。それに、犯人だとしても、われわれ警察が、ちゃんと、やります。お気持ちは、わかりますが、われわれに、任せてください」

と、十津川は、いった。

「いや、任せられません。今までだって、警察は、犯人を捕まえられなかったじゃありませんか。それに、私は、仕事柄、あなた方より、萩や、津和野をよくしっています。絶対に、犯人を見つけ出して、それ相応の罰を与えます」

木下は、いっきに喋って、電話を切ってしまった。

十津川は、すぐ、西本に、木下の勤めている旅行会社に、電話させてみた。

だが、西本は、電話をかけたあと、

「木下は、今朝、出社するとすぐ、一週間の休暇願を出して、帰ったそうです。上司は、娘を失って、精神的に参っているのだろうと、許可したと、いっています」

と、十津川に、しらせた。

今度は、十津川自身が、木下家に、電話をかけてみた。

電話には、奥さんが出た。

奥さんの話では、木下は、いつものとおり、出勤していき、まだ、帰宅していないという。

新聞を見て、木下が、何か、口のなかで、ぶつぶつ呟いていたのは、覚えているとも、いった。

十津川は、舌打ちした。

日下を呼ぶと、

「木下の顔写真を借りてきてくれ。会社か、自宅か、どちらかにあるだろう」

と、大声で、いった。

日下が、西本と一緒に、飛び出して、いった。

それを見送ってから、十津川は、亀井に、

「困ったことになったよ」

「木下ですか？」

「ああ。自分で、娘の敵を討つといっている」

「止めなければなりませんね」

「ああ、止めるさ。私刑も困るが、かっとした木下が、あのモンタージュに似た男を、間違えて、殺してしまうことも困る」

「そうですね。充分、あり得ますね」

と、亀井も、暗い目つきになった。娘を殺された父親の気持ちがわかるだけに、重苦しい気分になってくるのだ。

西本と、日下が、木下の写真数枚を、持って、戻ってきた。

そのなかから、最近の木下に近い写真二枚を選び、大きく引き伸ばしてから、萩と、津和野の警察署に、ファックスで、送った。その理由も、簡単に、書いてである。

そのあとも、十津川は、安心できなかった。

木下の暴走が、怖いのだ。

十津川は、上司の本多一課長に会って、自分の危惧を話した。

「亀井刑事とも話したんですが、心配は、二つあります。一つは、モンタージュの男を見つけて、私刑を加えることですが、もう一つは、似た男を、間違えて、殺してしまうことです。後者の場合は、より、悲劇的です」

「だからといって、われわれに、何ができるのかね？　捜査の主体は、あくまでも、向こうの両県警だろう。われわれが、勝手に動き回れないよ」

と、本多は、いった。

「よくわかっていますが、黙って、見ているわけにもいきません。木下は、東京の人間ですからね」

と、十津川は、いった。

「どうしたいんだ？」

「向こうの県警の了解をとって、われわれが、萩と津和野にいき、木下が、凶行に走る前に、彼を見つけ出して、押さえたいんです」

「何人くらいでだね？」

と、本多が、きく。

「あまり、大人数では、向こうが、気を悪くするでしょう。自分たちを信用できないのかということです。それで、最大五、六人を、派遣したいのです。もちろん、私も、いきます。そして木下を捜すことに、限定する。これで、向こうの了承を、とっていただきたいのです」

と、十津川は、いった。

「三上刑事部長に、向こうの両県警に、話してもらおう」

と、本多はいった。

十津川は、自分の部屋に戻って、経過を待った。

本多からは、なかなか、連絡がなかった。おそらく、山口と島根の両県警のなかに、反対があるのだろう。

「木下は、もう、萩へ着いていますかね？」

と、亀井が時計に目をやって、いった。

現在、十一時五十分である。

木下は、八時半に出社するとすぐ、休暇願を出して、早退している。

その足で、羽田空港に向かったとして、何時の便に、乗れるだろうか？

萩、津和野に一番近い空港は、七月二日に開港したばかりの石見《いわみ》だが、まだ、一日一便、八時五〇分東京発だけである。これには、間に合わない。

と、すると、山口宇部空港か、広島《ひろしま》空港だろう。

山口宇部行の九時五〇分の便に間に合っているとすれば、一一時二〇分に、山口宇部に着いている。

広島の場合は、九時五五分発に乗って、一一時一五分に着いている計算だ。

ただ、その先、山口宇部の場合は、連絡バスか、宇部線で小郡に出て、小郡から山口線に乗り換えて、津和野にいくか、あるいは、美禰《みね》線、山陰本線と、乗り継いで、萩へいかなければならない。

広島からでも、萩、津和野へいくには、時間がかかる。

搭乗者名簿を調べたが、木下悟の名前はなかった。

「まだ、着いていないよ」

と、十津川は、いった。

たぶん、両県警は、萩、東萩などの駅、あるいは、津和野駅に、刑事を張り込ませているだろう。

それで、木下が、摑まれば、十津川たちが、わざわざ、このために、いく必要はなくなってくる。

午後三時になって、やっと、本多一課長から、十津川に、電話があった。

両県警が、六人に限って、了承してきたというのである。

駅に張り込んでいたが、木下が、摑まらなかったのだと、十津川は、思った。

十津川は、亀井、西本、日下、清水、それに北条早苗を連れて、出発することにした。

3

十津川たちは、最終の便に乗ることになった。

その間に、木下の妻から、十津川に、電話がかかった。彼女も、事の重大さに気づいたらしく、声を震わせて、

「あの人は、かっとすると、何をするかわからないんです。何とか止めてください。お願いします」

と、いった。

「もちろん、全力をあげて、ご主人が、無茶なことをするのを、止めるつもりです。だから、奥さんも、協力してください」

と、十津川は、いった。

「何をすれば、いいんでしょうか？」

「ご主人から電話が入ったら、何もしないで、家に帰るように、説得してください。それから、今、どこにいるかきいて、われわれに、しらせてほしいのです」

「わかりましたわ。必ず、そちらに、連絡します」

と、木下の妻は、約束した。

十津川たちは、山口宇部行の最終便に乗った。

十津川たち六人の乗った全日空のボーイング767は、轟音を残して、飛び立った。

機内で、十津川は、じっと、考えこんでいた。考えることは、ただ、一つだけだった。

果たして、間に合うかどうかということである。

最悪の場合、木下は、すでに、萩か、津和野で男を殺してしまっているだろう。

いや、もっと、悪いケースもある。人違いで、まったく、罪のない男を、木下が、殺してしまうことだった。

山口宇部空港には、電話をかけておいたので、山口と、島根の二つの県警のパトカーが、迎えにきてくれていた。

十津川は、六人を二組にわけることにした。十津川、亀井、そして、早苗の三人が、山口県警のパトカーで、萩に向かい、西本、日下、清水の三人は、島根県警のパトカーで、津和野にいくことにした。

十津川たち三人は、まだ、明るさの残っている道路を、萩警察署に向かった。

「どんな状況ですか？」

と、十津川は、迎えにきてくれた山口県警の若い刑事に、きいた。

「木下の行方は、残念ながら、まったく、掴めません。津和野署のほうも、同じようです」

と、助手席から、振り向いて、いった。

「目撃者も、見つからずですか？」

と、亀井が、きく。

「山口宇部と、広島の空港でも、聞き込みをやったんですが、木下と思われる男の目撃者は、見つかっていません。空港の係官や日航、全日空、日本エアシステムのスチュワーデスにも、きいてみたんですが」

「萩の市内でもですか？」

「はい。木下が、足として、レンタカーを使う可能性もあると思い、周辺の営業所を、当たってみましたが、木下は、車を借りていません。他県で、レンタカーを借りて、こちらに入ったのかもしれません」

と、県警の刑事は、いった。

「レイプ容疑者のほうは、どうですか？　容疑者の消息は、摑めませんか？」

と、十津川が、きいた。

「こちらも、残念ながら、これといった進展は、みられないんです。ここのところ、息をひそめた感じで、被害者が出ていません」

と、相手は、いった。

萩警察署に着くと、十津川は、すぐ、署長に会って、挨拶した。

「今、全員で、萩市内と、周辺のホテル、旅館、民宿を、調べています。木下が、泊まっていないかどうかをしるためです。もし、彼が泊まっていたら、すぐ、こちらに、連れてくるように、いってあります。もし、抵抗するとか、拒否したら、腕ずくでも、連行しろと指示しました」

と、署長は、いった。

「私も、それに、賛成です」

と、十津川は、いってから、

「私たちも、まず、木下を見つけて、私刑を止めたいと思っています。そのあとで、問題のレイプ犯を、捕まえたいと、思いますが」

と、つけ加えた。

署長への挨拶をすませると、十津川は、亀井と、早苗のところに、戻った。

「全員、出払っているようですね」

と、亀井が、いった。

「ああ。ホテル、旅館などを、しらみつぶしに当たって、木下を見つけようとしている」

「われわれは、どうしますか？」

「長期戦になるかもしれないから、まず、泊まる場所を確保しておいて、われわれも、木下と、レイプ犯を捜そうじゃないか」

と、十津川は、いった。

4

萩警察署の近くのホテルに、チェックインしてから、十津川は、レンタカーを借り、それを運転して、萩市内と、その周辺を、捜すことにした。

借りたのは、白のブルーバードである。最初は、亀井が、運転して、夜の萩市内を、流した。

昼間は、観光客が、あふれているのだろうが、夜の市内は、一部の地区を除いて、ひっそりと、静かである。

だが、十津川は、その暗闇のなかで、殺人がおこなわれているのではないかという不安に、襲われてしまうのだ。

例の菊ヶ浜も、点在する旅館の灯があるものの、浜は、暗い。

十津川たちは、懐中電灯を持って、車から降り、松林のなかや、波打ち際を、歩き回った。

毛利《もうり》氏の菩提寺である東光寺《とうこうじ》、今は、小学校になっている萩藩の藩校だった明倫館《めいりんかん》、松陰《しょういん》神社など、昼は、観光客でいっぱいのところも、今は、暗く、静まり返っている。こうしたところも、十津川たちは、懐中電灯を持って、調べてみた。

だが、木下は、見つからなかったし、レイプ犯の死体も、見つからなかった。

時には、暗闇のなかで楽しんでいる若いカップルに、怒鳴られたり、警邏中の警官に不審尋問されたりもした。

疲れ切って、三人は、ホテルに帰った。たぶん、津和野にいった西本たちも、向こうで、同じことをしているだろう。

翌日になっても、これといった進展はなかった。

萩でも、津和野でも、依然として、木下は、見つからない。レイプ犯もである。

十津川は、東京の木下家に電話をしてみたが、木下は、まだ、帰宅せず、行方もわからないと、彼の妻は、怯えたような声で、いった。

十津川たちは、昼間から、レンタカーで、市内を走り回った。

ホテル、旅館を調べ終えた県警の刑事たちも、今度は、市内で、人間捜しを始める。


捜す相手は、もちろん、木下と、モンタージュが発表されたレイプ犯である。

昼食を、萩署に寄って、とっていると、津和野にいっている西本刑事から、電話が入った。

「津和野市内と、その周辺のホテル、旅館に、木下は、泊まっていませんね。県警は、見つけられませんでしたから」

と、西本は、いった。

「こちらも、同様だよ。木下は、このあたりのホテル、旅館には、泊まっていない。しかし、彼が、車を利用していれば、二、三時間離れたところに泊まっていても、萩や、津和野には、こられることになる」

と、十津川は、いった。

「そうですね。例えば、広島市内に泊まっていても、車を使って、津和野にこられますね。そして、レイプ犯を見つけて、殺せます」

と、西本は、いった。

「それに、もう一つ、考えられることがある」

と、十津川は、いった。

「どんなことですか？」

「木下は、昨日の飛行機で、山口宇部空港に着き、そこから、萩か、津和野に入ったと、思われている。東京からくるのに、一番早い方法だからだよ。しかし、警察が、当然、そのルートを調べるだろうと考えて、飛行機は、使わなかったかもしれない」

「列車ですか？」

「そうだ。新幹線を、使ったかもしれないし、山陰本線を使ったかもしれない。わざと時間を遅らせて、萩か、津和野に入った可能性もあるんだ」

「それなら、空港で見かけなかったとしても、おかしくはありませんね」

「山口宇部行の飛行機のスチュワーデスが、覚えていなくてもだよ」

と、十津川は、いった。

「しかし、警部。どんな方法で、木下が、萩か、津和野に入ったとしても、簡単に、問題のレイプ犯を見つけられるとは、思えません。島根と、山口の県警が、多数の刑事を動員して捜しても、まだ、見つからないんですから」

と、西本は、いう。

「だから、よけい、心配なんだよ。木下が、焦って、モンタージュに似た男を、殺してしまわないかとね」

と、十津川は、いった。

二日目も、空《むな》しくすぎた。

木下も、レイプ犯も、見つからなかったのだ。

萩警察署の捜査本部は、重苦しい空気に包まれてしまった。

津和野署も、同じだろうと、十津川は、思った。

時間がたてば、たつほど、木下が、レイプ犯を、娘の敵として、私刑にかける確率が、高くなるからである。

夜が更《ふ》けて、十津川たちは、疲れ果てて、ホテルに戻った。

十津川と亀井は、すぐ、ベッドに横になったが、神経だけが、やたらに尖ってしまっていて、なかなか、眠れない。別室の早苗も、同じだろうと、十津川は、思った。あまりにも、疲れてしまうと、かえって眠れなくなってしまうのだ。

「困った男ですね。木下という奴は」

と、亀井が、いまいましげに、いった。

「娘の敵討ちは、警察に任せておけばいいのにか」

「そうですよ。私も、子供が二人いますから、気持ちは、わかりますがね」

「気持ちは、わかるか――？」

「ええ。うちの子供が誰かに殺されたら、私がこの腕で、犯人を、絞め殺してやりたいと、きっと、思うでしょうね」

「刑事が、そんな過激なことを口にしちゃあ困るよ」

と、十津川は、苦笑した。

亀井も、笑って、

「あくまでも、気持ちは、わかるというだけです。私だって、私刑は、しませんよ」

と、いった。

午前零時頃だろうか。

うとうとしかかった時、電話の鳴る音で、十津川は、目を覚ました。

亀井が、はね起きるようにして、受話器を取ってから、

「西本刑事からです」

と、十津川に、渡した。

「何かあったのか？」

と、十津川が、受話器を耳に当てて、きくと、

「今、木下が、津和野署に、自首してきました！」

と、西本が、興奮した声で、いった。

十津川の背筋を、冷たいものが、走った。

「じゃあ、レイプ犯を私刑したのか？」

「そうらしいです。詳しいことがわかり次第、また、電話します」

と、西本は、いった。

もう寝ているどころではなかった。すぐ、津和野に向かえるように、身支度をし、早苗にも電話をかけた。
五、六分して、また、西本から、電話が入った。
「やはり、木下は、私刑をしたようです。娘の敵を討ったといっていますし、死体を、太鼓谷稲成《たいこだにいなり》神社の境内に捨ててきたというので、これから、県警の刑事たちが、出かけます。私たちも、同行するつもりです」

と西本は、いった。

「私たちも、これから、津和野へ向かう」

と、十津川は、いった。

亀井、早苗と、十津川は、レンタカーで、津和野に向かうことにした。

運転は、十津川がした。

亀井が、助手席で、地図を見ながら、

「間に合わなかったんですね」

と、残念そうに、いった。

「そうだな。間に合わなかったんだ」

と、十津川は、小さな声で、いった。

リアシートにいる早苗は、暗い表情で、

「木下は、そんなことをして、死んだ娘さんが、喜ぶとでも、思ったんでしょうか」

と、いう。

「それは、理性で考えれば、喜ばないと思うだろうが、人間という奴は、理屈じゃなくて、感情で動くものだからな」

と、亀井が、いった。

「でも、中年の、それも、教養のある男ですよ」

「中年だろうと、教養があろうと、なかろうと、関係ないよ。こういうケースではね」

と、亀井が、いった。

5

太鼓谷稲成神社は、津和野市の北の隅の、山の中腹にある。

赤い幟《のぼり》が林立する参道を登り、さらに、石段をあがっていくと、そこが、境内になる。

昼間なら、観光客があふれ、若い女性のグループが、おみくじの内容に、一喜一憂したりしているのだろうが、午前一時前の今は、人の気配もなく、暗く、静かである。

西本、日下、清水の三人は、県警の刑事たちと一緒に、暗い石段をあがり、境内に入っていった。

月明かりが、青白く、照らしている。その淡い光のなかに、若い男が仰向けに倒れているのが、見えた。

県警の刑事たちが、懐中電灯で、その男を、照らし出した。

二十七、八歳に見えるその男の顔は、両目が開き、口は半開きで、すでに、生気は失《う》せていた。
胸元を照らすと、背広の下の白いワイシャツに、血が、滲んでいるのがわかった。

胸と腹の二カ所を刺されているようだった。

同行した検視官が、屈みこんで調べていたが、小さく、首を横に振って見せた。

西本は、じっと、死んだ男の顔を見下ろした。

モンタージュのレイプ犯の顔に、似ているようにも見え、似ていないようにも見えた。

県警の刑事が、死体のポケットを調べ、運転免許証、財布、キーホルダーなどを取り出した。

運転免許証は、西本たちにも、見せてくれた。

〈東京都世田谷区松原《まつばら》　松原ハイツ４０６号　岡崎幸男《おかざきゆきお》〉

それが、運転免許証にあった住所と名前だった。年齢は、二十八歳。

運転免許証の写真は、死顔よりも、モンタージュのレイプ犯に似ていた。

凶器のナイフは、死体から、三メートルほど離れた場所に、捨てられているのが、見つかった。

市販されているサバイバルナイフである。

男の死体は、毛布に包まれ、数人で担がれて、石段をおり、車に積まれて、津和野警察署に向かった。

津和野署のなかは、重苦しい空気に包まれていた。

木下が、娘の敵を討つと公言していて、それを防ぐことが、できなかったからである。

十津川と、亀井、それに、北条早苗が、津和野署に、到着した。

「どんな具合だ?」

と、十津川が、すぐ、西本に、きいた。

西本は、殺された男の住所と名前を告げてから、

「今、木下の尋問がおこなわれています」

と、いった。

「木下の様子は、どんなだ？」

と、亀井が、きいた。

「さすがに、蒼ざめていますが、覚悟の上の犯行でしょうから、落ち着いているように、見えますね」

と、西本が、いった。

県警の刑事による尋問が終わったあと、十津川にも、木下への尋問が、許可された。

十津川と、亀井が、取調室で、木下に、会った。

さすがに、木下は、疲れ切った顔をしていたが、娘の敵を討ったという思いからか、目つきは、穏やかだった。

「太鼓谷稲成神社の境内にあった死体は、あなたが殺したんですか？」

と、十津川は、まず、きいた。

「そうです。私が殺しました」

と、木下は、落ち着いた声で答え、なぜか、微笑した。

「なぜ、殺したんですか？」

「決まっています。あの男が、私の娘の由美子をレイプし、殺したからですよ。

私は、娘の敵を討ったんです」

「あの男の名前を、しっていますか？」

と十津川は、きいた。

「さっき、県警の刑事さんからききましたよ。しかし、あいつが、どこの何者だろうと、関係ありません。あいつが、私の娘を、犯して、殺したことが問題なんです」

木下は、喋っている間に、興奮して、激した口調に、なっていった。

「しかし、あの男が、あなたの娘さんを殺したという証拠は、あるんですか？」

と、亀井が、きいた。

「ありますよ。私が、問いつめたら、白状したんです」

と、木下は、いった。

「しかし、それは、ナイフで、脅して、問いつめたからじゃないんですか？」

「そりゃあ、確かに、脅しましたよ。そうしなければ、何も話してくれないからです。でも、あいつは、白状したんです。あいつが、娘を殺したんです」

「どうやって、あの男を、見つけたんですか？」

と、十津川は、きいた。

「私は、萩と、津和野の町を、探し回りました。頼りは、新聞に載ったモンタージュだけでした。そして、昨日の午後、津和野で、やっと、あいつを、見つけたんです。モンタージュに、そっくりの男でした」

と、木下は、いった。

「そして、いきなり、ナイフで脅したんですか？」

「そんなことはしません。私は、あいつのあとをつけて、どんな男か、調べました」

と、木下は、いった。

6

「それで、どうしたんですか？」

と、十津川は、きいた。

「私は、辛抱強く、あいつを、尾行しました。由美子を殺したレイプ犯なら、きっと、また、何かするに違いないと、思ったからですよ。そのために、津和野にやってきたと、思ったんです」

木下は、熱っぽく、説明した。

「それで、何か、やったんですか？」

と、亀井が、きいた。

「やりましたよ。暗くなってからです。午後七時すぎだったと思います。太鼓谷稲成神社の近くで、自転車に乗ってやってきたひとり旅の若い女を、彼が、襲ったんです。いきなり、自転車ごと、突き飛ばしたんですよ。自転車が倒れ、娘さんは、ほうり出されて、気絶したみたいでした。あいつは、その娘さんを、ずるずると、暗がりに引きずっていって、上衣を脱がしに、かかったんです」

と、木下は、いう。

「それを、あなたは、見ていたんですか？」

亀井が、咎めるように、きいた。

「その娘さんには、悪かったが、あいつが、問題のレイプ犯であることを、確かめたかったんです。あいつが、暗がりで、娘さんを、裸にしようとしているのを見て、私は、確信しました。娘さんは、まだ、気を失ったままでしたよ。私は、ナイフで脅して、あいつを、太鼓谷稲成神社の境内に、連れていきました。だから、娘さんは、何もされていませんよ」

と、木下は、いった。

「しかし、その娘さんは、自転車ごと突き飛ばされて、気を失っていたんでしょう?」

「ええ。だから、私は、一一九番しておきました」

と、木下は、いった。

「救急車を、呼んだということですか?」

「そうです」

「そのあとは、どうしたんですか?」

「太皷谷稲成神社の境内で、私はあいつを、問いつめました。萩や、津和野で、前にも若い女性を狙って、襲ったことがあるだろう、津和野城跡で、私の娘を、殺したろうとですよ」

と、木下は、いった。

「ナイフで、脅しながらね」

と、亀井は、念を押した。

「そうですよ。そうでもしなければ、あいつは、しらばくれて、何もいいませんでしたよ。したたかな奴なんです」

「そして、彼が、あなたの娘さんを犯して、殺したと決めつけて、私刑したんですね？」

と、十津川は、きいた。

「そうです。私は、娘の敵を討ったんです。後悔なんか、していません」

木下は、きっぱりと、いった。

十津川と、亀井は、心に、重いものを抱かされた感じで、尋問を終えた。

津和野署長が、十津川に、

「どうでした？」

と、きいた。

「確信犯の典型ですね。いやな結末になりそうです」

と、十津川は、答えてから、

「殺された岡崎という男が、太皷谷稲成神社の近くで、若い女性を襲ったというのは、事実なんですか？」

と、きいてみた。

「消防署に電話してきいてみましたが、昨日の午後七時四十分頃、男の声で、一一九番があり、救急車が、出動していました」

「それで、娘さんを見つけたんですか？」

「救急隊員の話では、太鼓谷稲成神社の近くの暗がりに、若い女性が、倒れているのを発見して、N病院に、運んだそうです」

「彼女は、無事なんですか？」

「発見した時は、気を失っていたが、N病院で、手当てを受け、現在は、意識も戻り、命に別状は、ないそうです」

「彼女は、襲われたことは、話したんですか？」

「病院の話では、貸自転車で、あの付近を、ペンションに戻ろうと走っていたところ、突然、突き飛ばされて、気を失ってしまい、そのあとのことは覚えていないと、いっているそうです。今、うちの刑事が、詳しい話をきくために、N病院にいっています」

と、署長は、いった。

どうやら、その点で、木下の話は、事実らしい。そのことに、十津川は、ほっとした。

夜が明けてから、襲われた女性のことが、明らかになってきた。

彼女は、大阪の豊中《とよなか》市内に住む二十一歳の女子大生で、名前は、高橋《たかはし》ふゆみで、二日前から、ひとりで、津和野にきて、自転車を借りて、市内を観光していた。

ふゆみは、ペンションに泊まっていて、昨日は、自転車で、そのペンションに帰るところだった。

太皷谷稲成神社の近くを走っていたところ、突然、背後から、自転車ごと、突き飛ばされ、転倒し、気を失ってしまった。

救急隊員の話によれば、駆けつけた時、彼女は、半裸の状態で、倒れていたという。

消防署には、一一九番してきた人間の声が録音されている。

昨日の午後七時四十二分にかかった男の声は、間違いなく、木下のものだった。

「妙な気分だな」

と、十津川は、亀井に、いった。

亀井も、うなずいて、

「私もです。木下は、ひとりの若い女を助けて、そのすぐあとに、殺人を犯しているんです」

「これから、どうなると、思うね？」

「たぶん、木下に、同情が集まるでしょうね。レイプされ、殺された娘の敵を討ったというのは、人々の同情を呼ぶに、充分ですから」

と、亀井は、いった。

「しかし、われわれは、冷静に、事実を調べていく必要がある」

と、十津川は、いった。

西本たち四人を、すぐ、東京に帰し、殺された岡崎幸男という男のことを、調べさせることにした。

これは、島根県警からの要請でも、あった。

木下が、彼を殺してしまったことは、もうどうしようもない。となれば、今、しなければならないことは、果たして、岡崎幸男が、木下由美子と、白井敬一郎を殺した犯人だったかどうかを、調べあげることだった。

十津川と、亀井は、津和野にとどまって、それを、見守ることにした。

テレビが、まず、この事件を取りあげ、夕刊が、そのあとを、追った。

木下の行動に、批判的な扱い方もあったが、多くは、同情的だった。

私刑は、許されないが、木下の心情は、よくわかるというのである。

東京に帰った西本たち四人は、早速、岡崎幸男という人物について、調べ、わかったことから、津和野署と、十津川に、しらせてきた。

岡崎は、栃木《とちぎ》県の生まれで、亡くなった両親の遺産を手にして、今まで、気ままな生活を送ってきた。

K大に入っていたのだが、三年で、中退してしまい、友人たちには、作曲家になると、いっていた。

親の遺産で買った2LDKのマンションには、ピアノや、ギターなどを買って並べた。

生まれつき、器用な男で、独学で、ピアノ、ギターを修得したが、今までに、金になった曲はない。

神経質で、かっとするところがあり、女には、だらしがなく、婦女暴行で訴えられたことがあったが、金で解決して、前科にはなっていない。

作曲のほかに、彼の趣味は、旅行とカメラで、よく、カメラを持って旅行に出かけている。

マンションの駐車場には、白いセリカがあった。

これが、取りあえず、西本たちがしらせてきた岡崎幸男の人物像だった。

「どうやら、問題のレイプ犯らしく、見えてきましたね」

と、亀井は、複雑な表情で、いった。

テレビは、そうした人物像を、報道したあと、東京の著名な弁護士、小田中《おだなか》勇《いさむ》が、木下の弁護を引き受けたいと、名乗り出たと、伝えた。

第五章　裁判

1

木下は、松江《まつえ》に置かれた松江地裁に、殺人容疑で、正式に、起訴された。

担当は、市川《いちかわ》検事である。五十歳、ベテランの検事だった。

弁護士は、予想どおり、小田中勇となった。

十津川と、亀井も、検察側の証人として、呼ばれていた。

その日の午後、翌日の第一回の公判のために、十津川と、亀井は、松江に向かった。

二人は、出雲《いずも》空港行の日本エアシステムの飛行機に乗った。

天候が安定しているので、飛行は、楽だった。

「どうも、妙な気分ですね」

と、亀井は、飛行機のなかで、十津川に、いった。

「それは、木下を、刑務所に送ることへのためらいかね?」

と、十津川は、小声で、きいた。

「木下は、岡崎幸男を殺したことを、自供していますから、刑務所へいくのは、当然だと思います。ただ、今回の場合は、できれば、検察側の証人よりも、弁護側の証人として、出廷したい気持ちですよ。木下の気持ちが、よくわかりますから」

と、亀井は、いった。

出雲空港から、松江まで、バスが出ている。料金は、九百円。

二人は、そのバスに乗った。
十五、六人の乗客が、同じバスに乗った。大部分が、観光客のように見えたが、ひとりだけ、妙な乗客がいた。
二十二、三歳の若い女で、飛行機のなかで、十津川たちを、時々、見ていたのだ。
バスに乗ってからも、同じように、時々、こちらを、盗み見る。

「木下に殺された岡崎幸男だが、妹がいたんじゃなかったかな?」

と、十津川は、小声で、亀井に、きいた。

「西本たちの話では、まゆみという妹がいるが、今、アメリカにいっているということでしたが」

「どうやら、その妹が、このバスに乗っているようだ」

と、十津川は、いった。

「このバスにですか?」

「ああ、飛行機のなかで、われわれのほうを見ていた女性がいたろう?」

「ええ。気になっていたんですが、そういえば、誰かに、似ているなと、思っていたけど、岡崎に似ていたんだ」

「そうだよ。彼女が、たぶん、岡崎の妹のまゆみだ。今度の公判を傍聴に、アメリカから、帰国したんだと思うね」

と、十津川は、いった。

バスは、松江駅を経由して〈ホテル一畑《いちばた》〉の前で、停まった。

このバスは、一畑電鉄の経営で〈ホテル一畑〉も、同じ系列である。十津川と、亀井は、この〈ホテル一畑〉に、泊まるように、いわれていた。

二人が、バスから降りると、問題の女も降りて、ホテルに入った。彼女も、この〈ホテル一畑〉に、泊まるつもりらしい。

十津川と亀井は、わざと、ロビーで、ひと休みして、彼女が、フロントで宿泊カードに記入し、エレベーターに乗るのを、やりすごした。

彼女が、見えなくなってから、二人は、フロント係に警察手帳を見せ、彼女が書いた宿泊カードを見せてもらった。

やはり、そこには、岡崎まゆみと、書かれてあった。

「彼女、辛いでしょうね」

と、亀井が、呟いた。

「ああ、自分の兄が、レイプ犯として、裁かれるようなものだからね」

と、十津川は、いった。

「明日に備えて、あとで少し飲みませんか」

と、亀井が、いった。

「いいね」

と、十津川も、応じた。

十階のツインルームに入り、夕食をすませたあと、二人は、ホテルのなかにあるバーに、飲みにいった。

二人とも、強くはないし、明日のこともある。それで、ビールにした。

すぐ、煙草を吸い始めた。二杯目のグラスが、なかなか、空《から》にならない。

バーのドアが開いて、新しい客が入ってきた。

亀井が、十津川の横腹を、軽く、突いた。それで、入口に目をやると、彼女だった。

彼女のほうも、十津川たちのほうを見た。一瞬、彼女は、迷った表情になったが、急に、決心したように、十津川たちの横にきて、カウンターに向かって、腰をおろした。

「何か、おいしいカクテルを作って」

と、彼女は、バーテンに、いってから、はっきりと、十津川を見て、

「私、岡崎幸男の妹のまゆみです」

と、いった。

「そうだと、思っていました」

と、十津川は、いった。

「お二人とも、刑事さんでしょう?」

と、まゆみが、きく。

十津川は、名刺を、相手に渡して、

「警視庁の十津川です。こちらは、亀井刑事」

と、自己紹介した。

「検察側の証人として、いらっしゃったんですか？」

と、まゆみが、きく。

「そうです」

「でも、木下という人のやったことは、正しいと、思っていらっしゃるんでしょう？　兄は、殺されて、当然だと」

と、まゆみが、いう。

十津川は、小さく、首を横に振って、

「それは、違いますよ。私は、木下がやったことは、間違いだと思っています。理由がどうであれ、殺人は、犯罪です。そう考えて、今日、ここへきています」

と、いった。

「でも、私の兄が殺されたのは、仕方がないと、思っていらっしゃるんでしょう？」

「仕方がないなんて、思ってはいませんよ」

「でも、同情はしていないんでしょう？」

「何がいいたいんだね？」

と、横から、亀井が、まゆみに、きいた。

「兄は、いわれているようなことはしていませんわ」

と、まゆみは、いった。

「あなたが、そう思いたいのは、わかりますがね」

だが、十津川は、同情するように、いった。

だが、まゆみの硬い表情は、変わらなかった。

「兄は、女の人を、殺してなんかいませんわ」

と、彼女は、いった。

2

「しかし、あなたは、ずっと、アメリカにいて、お兄さんが、日本で、何をしていたか、しらないんじゃないのかね」

と、亀井が、いった。

「ええ。私、ずっと、アメリカにいたのは、確かですわ。でも、兄の気性は、よくしっています。ずぼらで、女性にだらしのない兄ですけど、女性と問題を起こしても、相手を殺すことは、絶対にしませんわ。お金で、解決しようとするはずです。それでも駄目なら、逃げ出しますわ。それが、兄なんです。卑怯で、どうしようもない性格ですけど、殺したりは、絶対にしませんわ」

まゆみは、いっきに、喋った。

「でも、彼は、前に婦女暴行事件を起こしていますよ」

と、十津川は、いった。

「ええ。その事件も、しっていますわ。でも、その時だって、結局、お金で解決したんです。私は、そういう兄のやり方は、いやですけど」

と、まゆみは、いった。

「今度も、金で解決しようとしたが、相手が、うんといわなかった。だから、殺した。われわれは、そう考えてるんだよ」

亀井が、いった。

「もし、そうでしたら、兄は、きっと、逃げ出してますわ。面倒臭いことになると、兄は決まって、逃げ出していたんです」

「だが、逃げ出さなかったんですよ」

と、十津川は、いった。

「なぜですか？」

切り口上で、まゆみが、きく。

十津川は、相手を、説得するように、

「木下由美子という女性が、津和野か、萩で、あなたのお兄さんに、レイプされたんです。そのため、彼女は、恋人との結婚を諦めました。そして、彼女は、あいつを殺してやるという置手紙を残して、津和野へ出かけたんですよ。そんな彼女を、金で何とかできるとは思えないし、逃げることもできなかったと思いますね。それで、お兄さんは、彼女を殺してしまったんだと思う」

「その人、なぜ、兄を殺そうと考えたんでしょう？」

まゆみは、十津川を、まっすぐ見つめて、きいた。

「それは、レイプされ、結婚もできなくなってしまったからでしょう」

と、十津川は、いった。

「でも、そのくらいの決心があって、激しい気持ちなら、なぜ、兄を、告訴しなかったんでしょうか？　兄の名前も、住所も、わかっていたんでしょうから」

と、まゆみは、いった。

十津川は、意表を突かれた格好で、一瞬、黙ってしまった。

亀井が、手を振って、

「日本で、レイプ裁判が、なかなか、おこなわれないのは、告訴して、裁判になっても、告訴した女性が、傷つくからだよ。木下由美子も、それには、耐えられなかったんだ。だから、告訴せずに、君の兄さんを、殺すほうを選んだんだよ。別に不思議なことは、何もないじゃないか」

と、いい返した。

「それなら、なぜ、兄にレイプされた時に、兄を殺さずに、あとになってから、殺そうと思ったんでしょうか？」

と、まゆみは、亀井に向かって、挑むように、きいた。

「レイプされた時は、呆然としてしまって、何も考えられなかったんだと思うよ。あとになってから、次第に、憎しみが、こみあげてきたんだろうね」

「呆然としていたのに、どうして、兄の名前や住所を、覚えていたんでしょうか？」

と、まゆみは、なおも、食いさがってきた。

「君は、兄さんが、女にだらしがないと、いった」

「ええ」

「それなら、木下由美子を、力ずくで犯しておいて、彼女が、呆然となっているのを、勝手に、彼女も喜んでいると勘違いして、また会いたいと思い、名刺を渡すとか、名前と住所を書いて渡すかしたんだと思うね。彼女は、なかなかの美人だったからね。こう考えれば、彼女が、名前と、住所をしっていたとしても、まったく、おかしくはないんだ」

と、亀井は、強い調子で、いった。

「それでも、兄が、女の人を殺したなんて、信じません。木下さんが、娘さんを殺されて、かっとして、敵を討ちたくなったという気持ちは、よくわかりますけど、殺すべき相手を間違えたんです。娘さんを殺したのは、別の男ですわ」

と、まゆみは、いい、バーを出ていった。

カウンターの上には、彼女が、バーテンに注文して作らせたカクテルが、そのまま、残っていた。

十津川は、新しい煙草に、火をつけた。

亀井は、憮然とした顔で、

「いいたいことだけいって、帰りましたね」

と、いった。

「彼女の気持ちも、わかるがねえ」

「わかりますが、間違っていますよ。確かに、私刑はまずいが、私には、娘の敵を討った木下の気持ちのほうが、よくわかりますね」

と、亀井は、いった。

「家族か」

と、十津川は、呟いた。

「そうですねえ。殺したり、殺されたりが、われわれの扱う事件ですが、これだけなら、すっきりしますが、当事者には、当たり前ですが、家族があるんですよ」

「娘と、その恋人を殺された父親が、その敵を討ち、今度は、討たれた男の妹が、必死になって兄を弁護する。どうも、辛いねえ」

と、十津川は、いった。

「そのとおりですが、彼女も、そのうちに、納得すると思いますよ。白井敬一郎と木下由美子が殺されたとき、岡崎がこちらにいたのかどうか、確証はありませんが、いなかったという確証もないわけですし、状況証拠からもモンタージュの男であることは、まず間違いないわけでしょう。車にしても、いつも愛車できていたわけではないでしょうから。それに木下だって、別に、英雄扱いされるわけじゃなくて、裁判を受け、処罰されるんですから」

と、亀井は、いった。

「ビールを、もう一杯、もらおうか」

十津川は、バーテンに向かって、頼んだ。

亀井も、それにならって、新しく、ビールを注文した。

二人は、黙って、それを飲んだ。

部屋に戻り、テレビをつけると、夜遅いニュースの時間で、明日から始まる公判のことを、アナウンサーが、伝えていた。

〈娘と、その恋人の敵を討った父親が、裁かれることになります。識者は、裁かれるのは、法治国家だから、当然だという論調で一致していますが、一般の人は、父親の行動を、是認しているようです〉

3

十津川は、別のことを、心配していた。

岡崎幸男が、果たして、木下由美子と、白井敬一郎を殺した真犯人なのかという疑いである。

今のところ、岡崎幸男が、犯人だったという前提で、事は、運ばれている。岡崎は、レイプ犯であり、殺人犯だが、それでも、私刑が果たして、許されるかどうかという問題になっている。

確かに、岡崎には、婦女暴行の前歴がある。それに、旅行好きで、カメラの趣味もあり、津和野と、萩にも、きていたらしい。木下由美子に会い、レイプしたかもしれない。

だが、岡崎が、その犯人だという証拠はないのだ。

もし、顔つきがよく似た男がいて、その男が、真犯人だったら、どういうことになるのだろうか？

刑を覚悟で、娘と、恋人の敵を討った木下の行為は、どうなるのか？

「木下は、岡崎を問いつめて、娘の由美子と、その恋人を殺したことを自白させたと、いっているんでしょう？　それなら、間違いないんじゃありませんか？」

と、亀井は、いった。この点には、疑問は、持っていないようだった。

「しかし、痛めつけるか、脅すかして、無理矢理、自供させたのかもしれない。岡崎は、怯えて、やっていないことを、やったと、いったのかもしれないよ」

と、十津川は、いった。

「警部は、心配なんですか？」

「裁判が、近くなるにつれて、そのことが、気になってくるんだ。木下が、岡崎を見つけて殺すまでに、あまり、時間がなかったからね。間違えて、殺してしまったのではないかという不安が、どうしても、ついて回るんだよ」

「われわれも、必死になって、木下を、捜していましたからね」

「そうだよ。当然、木下も、それに、気づいていたはずだ。だから、警察に見つかるまでの間に、何とかして、犯人を見つけ出し、娘の敵を討ちたいと、焦っていたと思う」

「と、すると、それらしい男を見つけた時、この男こそ、娘の敵だと、思いこんでしまったかもしれませんね」

と、亀井も、いった。

「だから、私が、一番恐れているのは、木下が人違いしてしまっていることなんだ。私刑は、悲劇だが、人違いは、その悲劇を、一層、深くしてしまうからね」

と、十津川は、いった。

検事は、当然、木下が、どんな理由で、岡崎幸男を、自分の娘と、その恋人を殺した犯人と、断定したかを、尋問するだろう。

（二重の悲劇であってほしくない）

と、十津川は、思うのだ。

第一回公判の時から、市川検事は、その点を追及した。

十津川の思ったとおり、なぜ、岡崎幸男を、娘と、恋人を殺した犯人と断定したかの理由の追及である。

木下は、警察で、自供したとおりのことを、検事に、答えた。

たまたま、津和野の町を、岡崎を尾行して歩いている時、若い女性が、襲われた。襲ったのは、岡崎である。

「それで、この男が、新聞に載っていたレイプ犯だと、私は、確信しました」

と、木下は、きっぱりと、検事に向かって、いった。

「そのあと、岡崎を、太鼓谷稲成神社の境内へ連れていったんですね？」

「そうです」

「彼は、抵抗しましたか？」

「少しは、抵抗しました。しかし、私が、いやなら、警察を呼ぶといったら、観念して、私についてきました。私を何とかすれば、逃げられると計算したんだと思います」

「なぜ、太鼓谷稲成神社へ、連れていったんですか？」

「人のいないところで、じっくり、岡崎を問いつめたいと、思ったからです。以前、津和野にきたことがあって、夜になれば、太鼓谷稲成神社の境内が、静かだと、しっていたからです」

「連れていって、何を、彼に、きいたんですか？」

「私の娘を、レイプしたことがあるか？　娘を殺したか？　娘の恋人を殺したか？　ということです。私は、その三つを、どうしても、しりたかったんです」

「それで、岡崎は、認めたんですか？」

「もちろん、最初は、認めませんでした」

「だから、ナイフで、脅したんですか？」

「違います」

「では、どうやって、問いただしたんですか？」

「私は、もう娘のことは、諦めている。死んだものは、生き返らない。ただ、真実だけをしりたい。それがわかれば、君を、警察に突き出すようなことはしないと、いいました。そうしたら、たぶん、私が、どうにでもなる人間と、甘く見たんだと思います。やっと、真実を、喋ってくれました」

「どんなふうにですか？」

「最初に、津和野で、娘の由美子を、レイプしたことを話しました。城跡に連れていき、そこで、レイプしたといいました。もちろん、レイプしたとはいわず、合意の上だったとはいいましたが」

「由美子さんと、白井さんを殺したことについては、岡崎は、どう話したんですか？」

「白井君のことは、こういっていました。久しぶりに、萩へいき、菊ヶ浜を歩いていたところ、若い男に、突然、襲われた。てっきり、物盗りと思い、格闘しているうちに、相手を、殺してしまったと、いっていました」

「由美子さん殺しについては、彼は、どういっていたんですか？」

「津和野に着いた時、若い女が、話しかけてきたというのです。岡崎は、てっきり自分に気があると思い、彼女と城跡までいったところ、彼女から、突然、あなたにレイプされ、それが、原因で、恋人とわかれたといわれたというのです。彼女は、自分も、もう生きている気力がない。だから、一緒に死んでほしいと、迫られたというのです。一緒に毒を飲んでもらいたいともいわれ、怖くなり、飲むふりをして逃げ出したと、いっていました」

「それを、あなたは、信じたんですね？」

「いや、ほとんど、信じませんでした。でも、それで、充分だったんです。岡崎が、娘と、娘の恋人を殺したことがわかっただけで、充分だったんですよ」

「それで、殺したんですか？」

「そうです。私が、殺しました」

4

弁護側は、津和野で、自転車で観光中に、襲われた大阪の女子大生、高橋ふゆみを、証人として、呼んだ。

小田中弁護士としては、岡崎が、レイプの常習犯であることを、証明しようとしたのである。

「その時、あなたは、津和野市内を、自転車を使って、観光していたわけですね？」

「はい。自転車を借り、ひとりで、観光して帰るところでした」

「時刻は、何時頃でしたか？」

「午後七時半頃だったと思います。もう薄暗くなっていました」

「場所は、どこですか？」

「太鼓谷稲成神社の近くだったと思います」

「そこで、何があったんですか？」

「突然、背後から、突き飛ばされました」

「それで、どうなりましたか？」

「自転車から、落ちて、私は、気を失ってしまいました」

「そのあとは、どうなりましたか？」

「気がついたら、病院に、寝かされてました。あとで、レイプされかけたことや、救急車で、この病院に運ばれたことを、看護婦さんにきかされました」

「自転車で、太鼓谷稲成神社の近くにいったとき、近くに、男の人が、いませんでしたか?」

「男の人を、追い越したのは、覚えています」

「その直後に、突き飛ばされたんですか?」

「はい」

「その男の人のことを、覚えていますか?」

「何しろ、もう、薄暗くなっていましたから、はっきり、見えなかったんです。ただ、男の人を追い越したということだけは、覚えていますけど」

結局、彼女を、突き飛ばしたのが、岡崎幸男だという確証は、得られなかった。

検事は、反対尋問で、その点をはっきりさせようとしたが、うまくいかなかった。高橋ふゆみが、はっきりしたことはわからないと、主張したからである。

無理もなかった。

ふゆみは、自転車で、走っている時、自分が襲われるとは、まったく、予想していなかったに、違いないからである。だから、その時、自分が追い越した男を、はっきり覚えていなくても、無理はないのである。

ふゆみは、また、その時、追い越したのは、男ひとりだと、証言した。

しかし、これも、不思議はない。木下は、隠れながら、岡崎幸男を、尾行していたのだから、ふゆみが、木下に気づかなかったことは、充分に、考えられるからだった。

公判が進んでも、はっきりしたことは、わからなかった。

肝心の岡崎幸男が、すでに、死亡してしまっていた。彼の言葉は、木下の証言としてしか、示されなかったからである。

さらに、状況証拠は、岡崎がレイプ犯であることを、示してはいるが、裏づけが百パーセント取れたわけではなかった。

そのため、市川検事も、小田中弁護士も、論理の精彩を欠いているように、見えた。

最終の公判で、被告人の木下は、次のように、述べた。

「私のやったことは、法律的に見て、間違っていることは、よくわかっております。しかし、それを、後悔しているかときかれれば、ノーといいます。愛する娘と、娘が結婚を考えていた恋人を、殺されたのです。その敵を討ったことを、私は、後悔しておりません。できれば、厳しい判決を希望します。今の私には、生きていく気力がありませんから、刑務所のなかにいても、同じことです」

だが、判決は、寛大なものだった。

もともと、検察側の求刑が、情状酌量の余地ありということで、殺人としては、軽い、五年の刑というものだった。

判決は、懲役三年であった。

それに対して、木下は「ありがとうございます」と、ていねいに頭をさげた。

判決をききに、再び松江にやってきた十津川と、亀井は、帰りの飛行機の切符が、手に入らず、翌朝、一番で、山陰本線で京都まで出て、新幹線で、帰京することになった。

列車のなかで、十津川と、亀井は、新聞に、目を通した。

「妥当な判決だと書く新聞と、刑が軽すぎるという新聞が、ありますね」

と、亀井がいった。

「カメさんは、どう思っているんだ?」

と、十津川は、きいた。

「私は、二年でも、五年でも、同じだと思っています。私は、刑事だから、法律にしたがわなければいけないとは思っていますが、もし、娘が殺されたら、犯人を、撃ち殺してやりたいと、思うでしょうから」

「つまり、木下の行動を、是認したいというわけか?」

「そうです。警部は、どうなんですか?」

と、亀井が、逆に、きいた。

「私には、子供が、いないからねえ。それより、一つだけ、気になっていることがあるんだ」

「果たして、岡崎幸男が、本当のレイプ犯で、木下由美子と、白井を殺した犯人だろうかということですか?」

「それもあるが、もっと、引っかかっているのは、早見まり子の事件だよ」

と、十津川は、いった。

「そうでした。あの殺人事件は、まだ、解決していませんでしたね」

亀井の顔が、暗くなった。

木下由美子の友人の早見まり子は、由美子が「結婚できない。資格がない」と悩んでいたことを、女友だちに喋ったあと、何者かに、自宅マンションで、殺されたのだ。この事件の犯人は、まだ、見つかっていない。

「私は、彼女の死は、今回の事件に関係していると、思っていたんだが、松江での裁判では、とうとう、それが、議論の対象とならなかった」

「そうですが、関係がないからじゃありませんか」

と、亀井が、いった。

「関係のない殺人ということか？」

「そうです。早見まり子の件で、橋本が貴重な電話をかけてきた時、事件はすでに、白井殺害を償う木下由美子の服毒自殺ということで結着をみていましたからね。彼女の友人の早見まり子にしてみれば、そんなはずはないと思っていたんだと、思います。それで、由美子の喋ったことを、友人に漏らしただけでしょう」

「彼女を殺した犯人は、今回の事件には、無関係というわけか？」

「そうです。別の理由で、彼女は、殺されたのだと、思いますね。ただ、われわれにとっては、貴重な情報でしたが」

と、亀井は、いった。

「別の犯人が、見つかれば、それで、すべてが終わるというわけだな」

「警部は、ご不満のようですね？」

「不満というより、何回もいうが、何か、引っかかってるんだよ」

と、十津川は、いった。

5

帰京したあと、十津川は、早見まり子殺人事件の解決に、全力をつくすことにした。喉に、魚の骨のように引っかかっているこの事件を解決して、すっきりしたかったのである。

しかし、捜査は、壁にぶつかって、突破口が、なかなか、開けなかった。

容疑者は、何人か、浮かんでいる。

早見まり子の男関係である。しかし、アリバイがあったり、アリバイがない場合は、殺すほどの強い動機に欠けていた。

十津川は、次第に、不安にかられていった。

捜査方法が間違っているのではないかという不安である。

木下の犯罪については、相変わらず、週刊誌が、刺激的に、取りあげている。

〈君は、木下の行為を、批判できるか？〉

〈私なら、父親として、娘の敵を討つ〉

そんな論調であり、見出しだった。

半月後となって、ひとりの男が、弁護士につき添われて、津和野署に、出頭してきた。

三十歳の男で、名前は、天野博《あまのひろし》で、東京の人間だった。

身長百八十三センチの大きな男で、ひとりで、旅行するのが好きだが、津和野で、観光客の若い女性を、レイプしたことがあると自供したのである。

問題のモンタージュにも、よく似ていた。

津和野だけではなく、北海道に旅行した時にも、一緒になった、ひとり旅の若い女性に、乱暴したことがあると、自供した。

当然、マスコミは、この男のことを、大きく取りあげた。

ひょっとして、木下が、殺す相手を、間違えたのではないかという疑問が、起きたからである。

十津川と、亀井は、津和野に急行して、この男に会った。

津和野署の好意で、取調室で、彼ひとりに会い、尋問することが、できた。

十津川の第一印象は、なるほど、手配のモンタージュに、似ているというものだった。したがって、木下に殺された岡崎幸男にも、似ているということである。

冷静に見て、岡崎よりも、この天野のほうが、手配のモンタージュにより似ているということがいえると、思った。

天野の職業は、フリーのカメラマンだという。

「カメラマンの名刺を渡し、美しい景色をバックに、君を撮りたいというと、たいていの若い女は、ついてきましたよ」

と、天野は、いった。

「新聞に、手配のモンタージュが載ったとき、自分のことだと思ったかね?」

と、十津川は、きいた。

「思いましたよ。よく似ていましたからね」

と、天野は、うなずく。

「あの時、なぜ、出頭しなかったんだ？」

と、亀井が、睨むように見た。

「怖かったんですよ」

「それなのに、今になって、自首してきたのは、なぜなんだ？」

「僕と似たようなことをしていた男が、レイプした女の父親に殺されたでしょう。その上、その父親の行動を、褒《ほ》めるようなことを、マスコミが、いい始めたじゃないか。そうなると、僕も、いつ殺されるかわからない。それで、怖くなって、弁護士に相談して、自首することにしたんですよ。殺されたんじゃ、身もふたも、ないからね」

と、天野は、肩をすくめるようにした。

「大事なことをきくが、君は、この女性を、レイプして、殺したのか？」

十津川は、木下由美子の写真を、天野に見せた。

天野は、じっと、その写真を見ていたが、

「全然、しらない女ですよ」

「しかし、君は、この津和野に、観光にきていた、ひとり旅の女性をレイプしたんだろう？」

「そうですが、この女じゃない」

「津和野城跡へ連れていって、殺したんじゃないのか？」

「とんでもない。僕は、人を殺したことなんか一度もないし、もし、そんなことをしていれば、出頭しませんよ」

と、天野は、大声を出した。

「しかし、そうとばかりは、いえないだろう。岡崎が、レイプと、殺人をしたということになったんで、安心して、自首したということだって、いえるじゃないか」

と、亀井が、いった。

天野は、むきになって、

「ちゃんと、調べてくださいよ。僕は、女好きで、乱暴したことも、認めますよ。しかし、人殺しをしたことなんて、一度もありません。そんな馬鹿なことはしませんよ」

と、いった。

6

十津川と、亀井は、天野につき添ってきた、三原《みはら》という弁護士にも会った。

三十八歳の若い弁護士である。

「彼は、怖がって、相談にきたんです。例の事件のあと、自分は、殺人はやってないし、乱暴したといっても、半ば合意の上なのに、殺されたりしたら、割りに合わない。どうしたらいいかというんです。それで、自首をすすめたわけです」

と、三原は、いった。

「天野という男を、よく、ご存じなんですか？」

と、十津川は、きいてみた。

「何もしりませんでした。しかし、私も、責任があるので、彼のことを、調べました」

と、三原は、いった。

「それで、どういう男だという結論に、なったんですか？」

と、亀井が、きいた。

「ひと言でいえば、ワルです」

と、三原は、あっさりといった。

十津川は、思わず、笑ってしまった。

「ワルですか」

「フリーのカメラマンという肩書きと、背の高い、格好のよさを利用して、女性を引っかけ、時には、レイプしてきたわけですから、ワル以外の何者でもありませんよ。ただ、これだけはいっておきたいんですが、彼は、絶対に、殺しはやっていませんよ。いろんな人間に会って、彼のことをきいて回りましたが、殺しはできない男ですね。その点では、小悪党です。怖がりです。だから、私がつき添ってきたんです」

と、三原は、いった。

そうだとすると、木下は、間違った人間を、殺してはいなかったということになるのだろうか？

「ところで、なぜ、津和野署に、出頭したんですか？　北海道でも、彼は、女性に、乱暴しているわけでしょう？」

と、十津川は、三原に、きいた。

「それは、天野が、希望したんです。彼は、この津和野が好きなんですが、ここで、レイプをしたので、その後は、怖くて、津和野には、いけなかったといっているんです。しかし、やはり、ここが好きなので、出頭するのなら、津和野がいいといいましてね」

と、三原は、いう。

「彼は、ワルなのに、それでも怖くて、津和野には、こられなかったといっているんですか？」

と、十津川は、重ねて、きいた。

「ええ。そういっていましたね。津和野が好きなので、いきたくなるんだが、自分が乱暴した女性と会ったら、どうしようかと考えると、怖くて、いけなかったと、いっています。新聞に、モンタージュが、載ったときは、なおさらで、じっと、自宅に、閉じ籠っていたと、いっていましたよ」

と、三原は、いった。

このあと、十津川は、難しい顔になって、考えこんでしまった。

亀井が「どうされたんですか？」と、きくのに対して、

「お茶を飲みにいこう」

と、十津川は、誘った。

二人は、津和野署のそばの喫茶店に入り、奥のテーブルに、腰をおろした。

明らかに、観光客らしい若者が三人ばかり、お茶を飲んでいた。

「天野は、津和野で、観光客の女性に乱暴したあとは、怖くて、こられなかったと、いっていた」

と、十津川は、コーヒーを前に置いて、亀井にいった。

「ええ。モンタージュが、新聞に載ってからは、怖くて、自宅に閉じ籠っていたようですね」

「そうなんだよ」

「警部の疑問は、それなのに、なぜ、岡崎幸男は、のこのこ、津和野にやってきたのかということなんでしょう」

と、亀井が、いった。

「カメさんのいうとおりなんだ」

「岡崎は、そんなことに無頓着なワルだったかもしれませんよ」

と、亀井が、いう。

そうかもしれない。

よく、どんな悪党でも、人殺しのあとは、悪夢にうなされるものだという人がいる。

しかし、十津川は、経験で、悪党のなかには、殺人のあとも、平然としている者もいることをしっている。

だが、そういう奴は、冷酷で、計算高い。

あのモンタージュが、新聞に載ったあとで、のこのこと、危険を承知で、津和野にきたりはしないだろう。

「やはり、引っかかりますか?」

と、亀井が、きいた。

「そうなんだよ。岡崎の行動は、どうも、常軌を逸しているように、思えて仕方がないんだ」

と、十津川は、いった。

「しかし、それだからこそ、木下が、岡崎を見つけて、娘さんの敵を討つことが、できたんじゃありませんか?」

「それも、そうだがねえ」

「それに、岡崎は、木下に詰問されて、木下由美子と、恋人の白井を殺したことを、認めていますからね」

「だが、それを、確認する方法がない。岡崎が、死んでしまっているからね」

と、十津川は、いった。

「警部は、木下が、嘘をついていると、思われるんですか？」

と、亀井が、きいた。

「私は、こんなふうに考えたんだ。木下は、娘を殺された怒りで、頭がいっぱいになっていた。復讐の念に燃えて、犯人を、探していた。その時、たまたま、津和野で、新聞に載った、モンタージュによく似た岡崎幸男を、見つけて、この男こそ、娘を殺した犯人だと、思いこんでしまったのでは、ないだろうか？　そして、岡崎をつけた。そんなことはしらない岡崎は、津和野で、観光にきていた女性、高橋ふゆみに、乱暴しようとした。それを目撃した木下は、それで、ますます、彼こそ、娘を犯し、殺した犯人だと、決めてしまい、ナイフで脅して、太鼓谷稲成神社の境内に連れこんだ。そこで、もちろん、娘と白井を殺したろうと、詰問したろう。それに対して、岡崎が、自白したかどうかは、私は、わからないと思うね。むしろ、否定したんじゃないかと思うよ」

と、十津川は、いった。

「それでも、木下は、相手を、殺してしまったと、いうことですか？」

「ああ、そうだ。否定しても、木下は、岡崎こそ、犯人だと、決めつけているから、まだ否認するかと、よけいに、かっとして、刺し殺してしまったんじゃないかと、思うんだよ。こう考えるほうが、自然じゃないかね」

と、十津川は、いった。

「つまり、岡崎は、木下由美子や、白井を殺した犯人ではないのに、木下が、思いこみで殺してしまったということになりますか？」

と、亀井が、きいた。

「岡崎が、本当に、殺人犯なら、のこのこ、現場の津和野に、やってきたりはしないと、思うんだよ。もちろん、木下が、思いこみで、岡崎を殺してしまったことを、あれこれ、いうことはできない。だが、木下は、間違っていたとすれば、それを、冷静に、間違っていたと、認めなければならないと、思うんだ」

と、十津川は、いった。

「しかし、そうだとすると、難しいことになってきますよ」

と、亀井は、いった。

十津川は、考えながら、

「わかっている。天野は、木下由美子や白井を殺してない。岡崎も、違うとなると、真犯人は、まだ、どこかに、ぴんぴんしていることになってしまうんだ」

と、いった。

「そうなると、事件は、まだ、終わってないことになってしまいますよ」

「ああ。そうなんだ」

「大変なことになりますよ」

「そうだ」

「県警は、パニックに落ち入ってしまうんじゃありませんか。山口県警も、島根県警もです」

と、亀井は、いった。

「連中だけじゃないよ。われわれだって、もう一度、事件を、調べ直さなければならないんだ」

と、十津川は、いった。

「県警は、きっと、認めませんよ。山口県警と、島根県警は、事件は解決したとして、すでに、捜査本部は、解散してしまっていますし、裁判も終わっていますからね」

と、亀井は、いった。

「わかっている」

と、また、十津川は、うなずいた。

第六章　遠い疑惑

1

案の定、島根県警は、木下の殺人事件について、捜査をし直すことは、しなかった。

天野博が、自首してきたことにも、迷惑顔であった。

レイプは、親告罪である。被害者が、告訴しなければ、この犯罪は、成立しない。その上、天野は、津和野で、ひとりで観光にきている若い女性を、レイプしたというのだが、相手の名前も、覚えていないのだ。

一方、津和野署に、天野のいう、今年の三月五日の午後に、レイプされたと、届け出た女性はいない。

津和野署では、まさか、新聞で、三月五日に、津和野でレイプされた観光客の女性はいませんかと、呼びかけるわけにはいかないということで、結局、天野の自白を、取り合わないことにした。

一部の新聞には、この結論が、記事になった。が、天野という名前は、もちろん、載らなかった。被害者が、名乗り出なければ、天野の犯罪は、成立しないからである。

結局、泰山鳴動《たいざんめいどう》して鼠一匹ということになり、マスコミも、急速に、天野について、興味を失っていったが、十津川だけは、執拗に、こだわり続けた。

十津川は、亀井と、東京に戻ると、天野のいう今年の三月五日に、木下由美子が、果たして、津和野に旅行していたかどうかを、調べることにした。

すでに、木下由美子が、萩、津和野にひとり旅をした日時を調べてはいたが、マンションにひとりで住んでいたこともあって、特定することはできなかった。

三月五日は、ウィークデイである。もし、この日に、由美子が、津和野に旅行しているとしたら、勤務先の銀行に、休暇願を出しているはずである。

十津川は、電話でもよかったのだが、西本刑事を、いかせた。

結果は、すぐ、わかった。三月五日は、彼女は、定刻に、銀行に出勤し、定刻まで、仕事をしていたのである。

だから、天野が、津和野で、レイプした観光客の女性というのは、木下由美子ではなかったことになる。

ある週刊誌が、十津川と同じことを考えたらしく、三月五日の彼女の行動を調べ、

〈やはり、木下の行動は正しかった。殺された岡崎幸男が、彼の娘を、レイプした犯人だった〉

と、書いた。

木下の行動を、正しかったというのは、考えてみれば、おかしいのだが、世間の大部分の目は、木下の復讐をもっともだと思っていたから、この週刊誌は、その世間の目に、合わせたのだろう。

十津川は、このことは、津和野署には、しらせなかった。すでに、捜査本部を解散してしまっている津和野署や、県警にしらせたところで、意味がないと、思ったからである。

「参ったね。天野博が、木下由美子をレイプもしていないし、まして、殺していないとなっても、捜査そのものは、いっこうに、進展しないんだよ」

と、十津川は、溜息をついた。

「三上部長は、われわれが、まだ、この事件にこだわっていることに、ご機嫌斜めじゃありませんか？」

と、亀井が、いった。

「ああ、そのとおりだよ」

と、十津川は、うなずいた。

早見まり子が、殺害された事件の捜査本部は、まだ解散していないし、十津川は、この事件の捜査に当たっている。

しかし、刑事部長の三上は、これは、木下由美子や、白井敬一郎が殺された事件とは、無関係と思っている。

そして、由美子と、白井殺しの一件は、木下が、岡崎幸男を殺した事件で、解決したと三上は、考えているからである。

その日、三上は、この点に言及した。

「早見まり子を殺した容疑者が、浮かんでこないのは、これが、ゆきずりの犯行だからだと、私は、思っている。それなのに、依然として、木下由美子、白井敬一郎殺しと、関係があるように考えている捜査員がいるようだが、こちらの事件は、すでに、解決しているのだ。そのことを、くれぐれも、忘れないように」

と、三上は、いった。

「ゆきずりの犯行というのは、どういうことでしょうか？」

と、亀井が、きいた。

「今まで、早見まり子の男性関係を、調べたが、いくら調べても、犯人が、浮かんでこないということはだね、彼女のマンションに、泥棒が入り、彼女と出くわして、強盗に変わって、彼女を殺したんだ。ゆきずりというのは、そういうことだよ」

と、三上は、いった。

亀井は、何か、いいかけたが、やめてしまった。

ゆきずりとは思えない状況証拠もあるのだが、それをいっても、仕方がないと、思ったのだろう。

三上のいうとおり、早見まり子の周辺を、いくら調べても、容疑者が、浮かんかんでこないのは、事実だったからである。

三上の指示で、十津川は、居直り強盗の線も、捜査することにしたが、彼の気持ちは、もちろん、萩、津和野の事件のほうに向いたままだった。

あの事件に関係して、早見まり子は、殺されたに違いないと、思っているからである。

捜査会議のあと、十津川は、近くの喫茶店に、亀井を、誘った。

コーヒーを頼んでから、煙草に、火をつける。こういう、こじれた事件にぶつかると、どうしても、煙草の本数が、増えてしまう。

「早見まり子の交友関係は、全部、調べたんだったね？」

と、十津川は、確認するように、きいた。

「可能な限りの範囲で、調べました。これ以上、調べるとなったら、彼女の両親の交友関係まで、広げていかなければなりませんよ」

と、亀井は、いった。

2

「そうなると、三上部長のいうように、ゆきずりの犯行になってしまうかねえ」

と、十津川が、いう。

亀井が、笑って、

「それはないと、思っていらっしゃるんでしょう?」

「そうなんだが、だんだん、自信がなくなってくるよ」

「そうですねえ。早見まり子の交友関係も、タネがつきましたが、萩、津和野のほうも、タネがつきましたからね」

と、亀井は、コーヒーを、ゆっくりかき回しながら、いった。

「へたをすると、早見まり子殺しは、迷宮入りしてしまうねえ」

「それは、いやですよ」

と、亀井が、いった。

「考えてみると、今、一番、ほっとしてるのは、刑務所に入った木下かもしれないな」

と、十津川は、憮然とした顔で、いった。

亀井も、うなずいて、

「木下には、娘の敵を討ったという充実感があるでしょうからね」

「彼は、それで、満足なんだろうが、おかげで、こっちは、いい迷惑だよ。彼が、こんなことをしなければ、まだ、山口県警で、レイプ犯捜査が、続行されていて、われわれも、早見まり子の事件を、山口県警だけでなく島根県警とも、話し合いながら、捜査できたんだ」

十津川は、珍しく、ぐちをこぼした。

「例の匿名の手紙ですが」

と、亀井が、ふと、いった。

「白井殺しは、由美子ではなく、彼女も殺されたという手紙かね？」

「そうです。あれは、早見まり子が、書いたものでしょうか？」

と、亀井が、きいた。

「それが、わからないんだよ。最初は、早見まり子が、書いたんだと思っていた。そのために、彼女は、殺されたんじゃないかとね」

十津川は、二本目の煙草に火をつけてから、いった。

「私も、警部と同じで、早見まり子が、書いたんだと思いました。彼女は、由美子の親友ですから、警察が、由美子を犯人としていることに反発して、書いたんだと」

「そう考えるのが、自然なんだがね。よく考えると、あの手紙には、裏づけがないし、由美子が、犯人じゃないのなら、いったい、誰が殺したのかという肝心な点が、書かれていない。だから、あの手紙のせいで、早見まり子が殺されたというのは、不自然なんだ」

と、十津川は、いった。

「とすると、橋本君が、耳にした『結婚できない。資格がない』という由美子の言葉のせいでしょうか？　早見まり子が、それを、由美子からきいていたというので、殺されたんでしょうか？」

亀井が、思い出しながら、いう。

「それも、違うと思うね。由美子は、萩か、津和野を旅行中に、レイプされ、それで、結婚できない、資格がないと、友人の早見まり子に、いったんだろうが、レイプした犯人の名前を、いってるわけじゃないんだ。それなのに、レイプ犯が、早見まり子を、殺すとは、思えないよ」

と、十津川は、答えた。

一つ一つ、自分たちで、疑問を提出しながら、自分たちで、その疑問を、否定していく形になってしまった。

十津川は、もう、三本目の煙草に火をつけている。そのうち、テーブルの灰皿が、吸殻で、いっぱいになるだろう。

「また、壁にぶつかりましたよ」

と、亀井が、小さな溜息をついた。

十津川は、黙々と、考えこんでいたが、

「早見まり子が、今度の事件の過程で殺されたことだけは、間違いないんだ」

と、いった。

「それは、確かですが――」

「ゆきずりの犯行では、その過程の犯行じゃなくなってしまうんだよ」

と、十津川は、眉を寄せて、いった。

「こういう考えは、どうでしょうか」

と、亀井が、いう。

「話してくれ」

と、十津川が、促した。

「由美子は、自分をレイプした犯人のことを、両親にも、恋人の白井にも話しませんでした」

「ああ、自分で、結着をつけようとして、旅行に出かけたんだ」

「由美子は、誰にも、レイプ犯の名前をいわなかったが、親友の早見まり子にだけは、喋っていたんじゃないでしょうか」

と、亀井は、いう。

「それで、殺されたか？」

「ええ」

「もし、そうだとすると、犯人は、普通に考えて、岡崎幸男ということになってくる」

「しかし、木下が、間違えて、殺したとなると、早見まり子殺しの犯人は、まだ、大手を振って、歩いていることになってきます」

と、亀井は、いった。

「そうなんだ。だから、木下が、間違えて、岡崎を殺しただけでは、すまなくなってくるんだよ」

十津川は、いってから、また、新しい煙草に火をつけた。

もう灰皿は、吸殻で、いっぱいになっている。ウェイトレスが、新しい灰皿と、取り替えていった。

「岡崎が、犯人なら、それで、すべてが、解決なんですがねえ」

と、亀井が、いまいましげに、いった。

木下は、岡崎を、娘をレイプして殺し、恋人まで殺した犯人と、断定して、殺した。

問題は、それが果たして、信頼できるかということなのだ。

木下は、問いつめたら、岡崎が、自分が犯人だと認めたから殺したといっている。

刑務所に訪ねていき、もう一度、きいても、同じ答えが、はね返ってくるだろう。木下は、そう思いこんでいるだろうからである。

十津川は、ふと、岡崎の妹の顔を、思い出した。

彼女は、こういったのだ。

兄は女にだらしがなかったが、人は殺せないと。

もちろん、その言葉も、妹の身びいきだということは、できる。それに、多くの殺人事件で、犯人が、逮捕されると、身内や、友人は「あの人は、人殺しなんかできない」と、いう。

前科がなければ、犯人は、生まれて初めて、人を殺したわけである。だから、人殺しなんかできるはずがないと、周囲の人間は、思うのだが、調べれば、殺人を犯しているのだ。

だから、岡崎の妹の証言は、無視された。新聞でも、小さくしか取りあげなかった。

新聞も、テレビも、平成の敵討ちと、盛りあげることで、夢中だったからである。

第一、肝心の岡崎が、死んでしまっているので、彼に、きくわけにもいかない。

「誰に、きいたらいいんだ?」

と、十津川は、呟いた。

当事者の木下由美子も、白井も、岡崎も、死んでしまっている。

早見まり子もである。

生きている木下は、敵を討ったと、満足し、岡崎が、犯人だと、信じている。

質問し、正確な答えが、返ってくる人間は、見つかりそうもないのだ。

3

もし、早見まり子の事件がなかったら、間違いなく、今回の事件は、もう、終わっているだろう。

と、いうことは、早見まり子の死を、まったく別の事件だと考えれば、今回の一連の事件は、結着したことになる。

現に、島根と、山口の両県警は、捜査本部を解散したあとに、東京で起きた早見まり子殺しを、関係のないものとみている。木下の裁判でも、問題にすらされなかった。

マスコミも、同じだった。

マスコミにとっては、娘と、娘の恋人を殺された父親の復讐という一点だけが、問題だったのだ。いや、ほかに、マスコミの興味を引くものは、なかったといったほうがいいかもしれない。

だから、それだけを、大々的に、報道して、それが終わると、マスコミは、もう、興味を失った。早見まり子の事件など、最初から、眼中になかったのだろう。

警視庁としても、彼女の事件を、一連の事件とは、別の犯罪と考えれば、少なくとも、一つの事件は、終了するのだ。

三上刑事部長は、その線でいくのがいいと、思っているから、早見まり子の事件は、ゆきずりの犯行ということにしたかったのだ。

十津川だって、そう考えれば、気は、楽になる。早見まり子の死は、彼にとって、喉に刺さった棘だったからである。これが、抜ければ、楽になるとわかっているのだが、無理に抜くことには、抵抗があった。

十津川には、早見まり子の死も、木下由美子たちの死も、同じ事件の流れに見え、自分の都合で、その見方を、変えることは、できないのである。

そして、その考えにしたがう限り、早見まり子殺しの犯人が、見つからなければ、津和野と、萩で起きた事件の本当の解決は、ないことになってしまうのだ。

その上、早見まり子殺害の犯人は、いっこうに、見つかりそうにない。

ふと、ゆきずりの犯行ということで、妥協してしまいたくなってくる。それでも、マスコミは、警察を非難はしないだろう。というより、マスコミは、この事件のことを、忘れてしまっているからである。

十津川の苦悩は、長く、続きそうだった。

そんな十津川の耳に、刑務所に入っている木下の現況が、きこえてきた。それをしらせてくれたのは、本多一課長である。

「木下は、向こうでは、模範囚だそうだ。彼は、今、独房に入っているんだが、自分が殺した岡崎幸男と、娘の由美子、それに、恋人の白井のために、毎日、読経しているそうだよ」

と、本多は、十津川に、いった。

「面会には、誰が、いってるんですか？」

「奥さんが、毎週一回、面会にきていると、刑務所長は、いっていた。それから、相変わらず、マスコミが、独占手記を狙って、押しかけているらしい。もちろん、こんなものは、すべて断っているということだが、木下の敵討ち話は、まだ、報道価値があるらしい」

と、本多は、笑った。

「娘さんは、どうしているんですか？」

と、十津川は、きいた。

「ああ、殺された由美子の妹か。彼女は、まだ一度も、面会には、いってないらしい」

「なぜですかね？」

と、十津川が、きくと、本多は、難しい顔になって、

「私は、別に、当人に理由をきいてないが、若い娘らしい、微妙な心理があるんじゃないかね。週刊誌なんかは、娘の敵を討った父親ということで、まるで、美談のように書いているが、殺人犯は、殺人犯だからね。簡単に、面会には、いけないんじゃないかな」

と、いった。

「なるほど。そういうこともあるかもしれませんね」

と、十津川も、うなずいた。

「ところで、早見まり子殺しの犯人は、見つかったのかね？」

最後に、本多のほうから、十津川に、質問した。

「残念ですが、依然として、見つかりません。早見まり子の周辺にいる人間を、

すべて、調べたつもりなんですが」

と、十津川は、口惜しそうに、いった。

「なぜ、見つからないんだろうか？」

「それが、わからないのです。殺された時の状況から見て、彼女とは、顔見知りだと、見ているんですが」

「ほかに、今回の事件で、問題になっていることは、ないのかね？」

と、本多が、きく。

「もう一つは、やはり、木下が、本当に、娘と娘の恋人の敵討ちをしたのかということですね」

と、十津川は、いった。

4

「木下の殺した岡崎幸男が、本当に、木下由美子をレイプし、殺した人間だったかということだね？」

と、本多が、いった。

「そうなんです」

「君は、疑っているのか？」

「岡崎が、木下由美子をレイプし、その揚句に、恋人の白井と共に殺した証拠を、見つけたいと、思っているんですが、証拠が、見つかりません。彼の妹の話などきくと、違うのではないかという思いが、強くなってくるんです」

と、十津川は、正直に、いった。

「しかし、木下は、岡崎が、娘の由美子のことで、自白したので、殺したといっていたんだろう？」

「そうです」

「木下が、嘘をついていると、思うのかね？」

「そうじゃありません。たぶん、木下は、岡崎が、例のモンタージュに似ていたので、この男こそ、犯人と思いこみ、津和野の太鼓谷稲成神社の境内で、痛めつけたんだと思います。岡崎はその結果、苦しまぎれに、木下のいうとおりに、喋ったのかもしれません。まさか、殺されるとは思わずにです。警察に連れていかれたら、本当のことを、話せばいいとでも、考えたんじゃありませんかね。木下は、狂気のようになって、迫ったと思いますから。ところが、木下はやっぱり、こいつがと思って、殺してしまった。そんなことではないかと、思うのです」

と、十津川は、いった。

「木下は、どうやって、岡崎幸男を、見つけ出したんだったかね？」

と、本多は、きいた。

「木下の自供では、こうです。彼は、新聞に載ったモンタージュを唯一の手がかりに、娘のいった観光地を探し歩いた。津和野にいったとき、モンタージュそっくりの青年を見つけて、尾行した。すると、その男は、津和野で、夕方、観光にきていた若い女性を襲ったので、間違いないと、確信したというわけです」

十津川が、いうと、本多は、一応、うなずいた。が、

「それにしても、簡単に、見つけ出したもんだねえ」

「そう思われますか？」

「ああ。木下は、娘の敵を討とうと、新聞に載ったモンタージュを、唯一の手がかりにして、旅に出たわけだろう。二日後に、岡崎に会って、彼を殺して、娘と、娘の恋人の敵を討った。偶然にしても、ずいぶん早く、見つけたものだというのが、私の正直な感想だがね」

と、本多は、いう。

「木下自身は、死んだ娘の霊が、引き合わせてくれたと思ったと、いっているようですが」

「娘の霊がねえ。まさか、君は、そんなことを、信じているわけじゃないんだろう？」

「もちろんです」

「だが、二日間で、見つけたのは、間違いない」

「そうです」

「木下が、やみくもに、出会った青年のなかから、モンタージュの男に似た者を、犯人と決めつけて、殺したとは、思わないかね？」

と、本多は、極端ないい方をした。

十津川は、苦笑して、

「それは、ありません。というのは、岡崎には、以前、婦女暴行の前歴があったからです。たまたま、顔の似た青年を見つけただけでは、そんな前歴があることまでは、わかりませんから」

と、いった。

「確かに、そうだな。木下が、岡崎を、娘の敵と思いこむ理由は、あったわけだ」

「そうなんです」

「それにしても、木下は、簡単に、岡崎という男を、見つけ出したものだねえ」

と、本多は、いった。

本多とわかれたあとも、十津川は、その言葉が、気になった。

亀井と、捜査本部近くの喫茶店で、軽い昼食をとったとき、十津川は、そのことを、口にした。

「それは、偶然が、木下に味方したということで、一応、納得は、できますがね」

と、亀井は、いった。

「そうなんだがねえ」

「その偶然が、岡崎にとっては、不運だったということで、納得できませんか?」

「そういうケースも、あり得るだろうが、偶然すぎるという気は、残ってしまうんだよ」

と、十津川は、いった。

亀井は、サンドイッチを食べかけて、やめてしまった。

「警部は、何を考えていらっしゃるんですか？」

と、亀井は、十津川を見た。

「妙な考えなんだがね。ひょっとすると、木下は、前から、岡崎幸男のことを、しっていたんじゃないかと、思い始めたんだよ」

と、十津川は、いった。

「木下自身は、そんなことは、ひと言も、いっていませんね？」

「ああ、いってない」

「それでも、警部は、二人は、顔見知りだったと？」

と、亀井は、きく。

「本多一課長のいうように、木下が、岡崎を見つけるのが、早すぎたような気がするんだ。前から、彼のことをしっていたとすれば、納得がいくと思ってね」

と、十津川は、いった。

「しかし、木下は、なぜ、前から、岡崎のことを、しっていたんでしょうか？」

「その接点を考えていたんだが、木下は、旅行会社に勤めていて、岡崎のほうは、旅行好きだ。それ以外に、接点は、考えにくい」

「なるほど」

「木下は、仕事柄、日本中を回って歩いている。その、どこかで、岡崎と、知り合ったんじゃないか。あるいは、岡崎が、木下の勤めている旅行会社に、旅の相談にきたかしたのかもしれない。とにかく、二人は、知り合いだった。岡崎は、木下を信頼して、いろいろと、話をしていたんじゃないだろうか？　例えば、観光地で、婦女暴行まがいのことをしたことをもだ」

「木下は、それを思い出して、岡崎が、モンタージュに似ていることもあって、この男こそ、娘の敵と思い、津和野に誘い出して、殺したということですか？」

と、亀井は、緊張した顔で、きいた。サンドイッチのことは、もう、すっかり忘れてしまっている。

「こう考えれば、木下が、二日間で、岡崎を見つけ出した謎が、解けてくる」

と、十津川は、いった。

「そうなると、不自然なことが、出てきますよ」

と、亀井が、いう。

「どんなことだね？」

「津和野で、岡崎が、ひとり旅の若い女性を襲った件です。木下が、岡崎を、津和野へ連れ出したとすれば、二人は、一緒にいたわけでしょう。そんな時に、岡崎が、若い女性を、襲うでしょうか？」

と、亀井が、いった。

「確かに、そうだな。不自然だな」

「しかし、若い女性が、襲われたのは、事実なんです」

「あれは、木下が、既成事実を作るために、自分で、襲ったのかもしれないな」

と、十津川は、いった。

「木下が——ですか？」

「ああ。襲われた女性は、犯人を見ていないんだ。いきなり、背後から、自転車ごと、突き飛ばされ、転倒して、気を失っているからね」

「そうでしたね。彼女は、犯人を、岡崎だと、いっていないんでしたね」

「それに、自転車で、通りすぎる時、ひとりの男しか見なかったと、いっている。それを、われわれは、岡崎を尾行していた木下が、物陰に隠れて、尾行していたからだと考えたんだが、現場には、木下しか、いなかったのかもしれないな」

と、十津川は、いった。

「その時、岡崎は、どこにいたんでしょうか?」

「それは、わからないが、木下は、時間を決めて、太鼓谷稲成神社の境内で、会うことにしておいたんじゃないかな。何もしらない岡崎は、じっと、太鼓谷稲成神社の境内で、待っていた。木下は、その近くで、ひとり旅の若い女性を襲っておいてから、待ち合わせの境内にいき、いきなり、彼を殺した」

「いきなりですか?」

と、亀井が、きく。

「そうだよ。木下は、岡崎を、娘の敵と、最初から決めつけていたような気がしてきたんだ。そうならば、いきなり、殺したと考えるのが、妥当だろう」

と、十津川は、いった。

5

「一度、会いにいってみないか」

と、十津川は、ふと、亀井に、いった。

「会うって、誰にですか?」

「木下だよ。今、府中《ふちゅう》だったな。会って、話をきいてみたい」

「しかし、警部。彼にきくことなんか、もう、何もないんじゃありませんか？彼は、岡崎殺しを自供し、判決を受けて、刑務所に入ってるんです。警部は、何をきくつもりなんですか？」

亀井が、不審気にきく。

「別に、尋問するわけじゃないよ」

と、十津川は、苦笑して、

「木下の顔色を見たいんだ」

「顔色ですか――」

亀井は、よくわからないような顔つきだった。が、十津川は、強引に、彼を誘って、刑務所に出かけた。

前もって、許可をもらってあるので、すぐ、服役中の木下との面会が、許された。

木下は、意外に、血色がよく、元気に見えた。

「あの時は、お騒がせして、申しわけありませんでした」

と、木下は、まず、小さく頭をさげた。

「それは、もう、すんだことだから」

と、十津川は、いった。

「ここの生活は、どうですか？」

亀井が、きいた。

「規則正しい生活のせいか、かえって、元気になっています。何しろ、旅行会社で働いていた頃は、毎日が、不規則でしたから」

と、木下は、微笑した。

「あなたの殺した岡崎ですがね」

と、十津川は、硬い表情で、木下を見て、

「われわれが、調べてみた限りでは、岡崎は、あなたの娘さんをレイプしていないし、殺してもいないのですよ。これは、彼のアリバイを、詳しく調べたので、間違いありません。つまり、あなたは、間違った人間を、殺してしまったのですよ」

と、いった。

慌てて、亀井が、

「警部。そこまで、いわなくても」

と、声をかけた。

木下は、穏やかな表情を崩さずに、

「私は、岡崎が話したことを信じていますよ。彼は、私に、あなたの娘さんをレイプし、それをなじられて殺してしまった。申しわけありませんと、いったんですよ。私は、その言葉を、信じています」

と、いった。

「奥さんは、面会に見えますか？」

十津川が、話題を変えた。

「ええ。きてくれますよ」

「会って、どんな話をするんですか？」

「当たり障りのない話ですよ。死んだ娘のことは、お互いに、何となく、避けています。お互いに、辛いですからね」

「由美子さんの妹さんは、会いにきますか？」

と、十津川がきくと、木下は、小さく首を横に振って、

「きません。自分では、きたいといっているんですが、私が、家内に、連れてくるなと、いっているんです」

「なぜですか？」

と、十津川が、きいた。

木下は、きっとした目になって、

「なぜって、刑事さん。私は、殺人犯ですよ。囚人ですよ。こんなところに、年頃の娘を、こさせられますか？　そのくらいのことは、おわかりになるでしょう？」

「しかし、お会いになりたいでしょう？」

「当たり前ですよ。しかし、その気持ちに甘えてはいけないと、自分にいいきかせているんです。私は、自分では、正しいことをしたと思っています。もう一度、同じことをやるかといわれれば、やると、答えますよ。あんなに可愛い娘を、殺されたんですからね。私刑といわれようと、私は、敵を討ちますよ。しかし、私は、殺人犯です。家内も、下の娘も、殺人犯の妻であり、娘ですよ。家内は、それに耐えてくれていますが、年頃の娘は、そうはいかない。できるだけ、私から、遠くに離れていてほしいんですよ。家内にもいってるんですが、できれば、アメリカにでも、留学してもらいたいんです。アメリカなら、殺人犯の娘といって、後ろ指を指されることもないでしょうからね」

木下は、熱っぽく、いった。

「わかりますよ」

と、亀井が、木下に、いった。

木下は、笑顔になって、

「わかっていただけますか？」

「私にも、子供がいますからね」

と、亀井は、いった。

「それなら、わかって、もらえるはずだ。あなただって、子供が誰かに殺されたら、そいつを、殺したいと思うでしょう？」

「わかりますが、私は、相手を、殺しませんよ」

「それは、あなたが、刑事だからだ。生憎、私は、刑事じゃありませんからね」

と、木下は、いった。

6

刑務所の外に出ると、二人は、何となく、空を見あげた。

十津川は、腕時計に目を移し、

「夕食でも、一緒にどうだい？　おごるよ」

と、亀井に、いった。

駅近くの食堂に入り、二人は、少し早目の夕食をとった。と、いうより、二人だけで、少しばかり、話したかったのだ。

この店の女将さんが、おすすめだという鴨鍋を注文し、珍しくビールも、頼んだ。

「木下が、元気なので、ほっとしましたよ」

と、亀井は、鍋を、突つきながら、十津川に、いった。

「カメさんは、彼に、同情的だね」

十津川は、箸を置き、ビールを口に運ぶ。

「ええ。あの気持ちは、よくわかりますからね。私だって、子供を殺されたら、犯人を殺してやりたくなりますよ」

亀井は、少し酔った表情でいった。

「しかし、カメさんは、自分は、殺さないといったじゃないか」

「木下の前では、そういいましたがね。実際に、子供を殺され、その犯人が、目の前にいたら、私は、かっとして、首を絞めてしまうかもしれませんね」

と、亀井は、いった。

「私は、子供がいないから、そのあたりのところは、よくわからないが――」

と、十津川は、いった。

「そうでしょうね。だから、警部は、あんなひどいことを、いえたんだ」

と、亀井は、いった。

「ひどいことって、何だね？」

と、十津川がきく。

「警部は、岡崎にはアリバイがある。由美子を殺した犯人じゃない。あんたは、間違った人を殺してしまったんだと、木下にいわれたでしょう？」

「ああ、いったよ。本当だからね」

「しかし、警部。少し、残酷じゃありませんか。岡崎のアリバイに関して確認がとれているわけじゃないですし、木下は、娘と、娘の恋人の敵を討ったと、固く信じているんです。だからこそ、抗議もせず、おとなしく、刑に服したんですよ。それを、あんたは、間違った人間を殺したというのは、残酷ですよ」

と、亀井は、いった。

「カメさんは、怒ってるみたいだね」

「日頃の警部らしくないと、思っただけです」

「確かに、残酷だったかもしれないが、木下は、案外、平気な顔をしていたじゃないか。私は、彼が、どんな反応を示すかなと思って、岡崎のことを、いったんだよ」

と、十津川は、いった。

「しかし、なぜ、そんな反応を、見たかったんですか？」

と、亀井が、きく。

「なぜなのか、自分でもよくわからないんだ。だが、木下が、本当に、敵を討ったと信じているのかどうか、それをしりたかったんだよ」

と、十津川は、いった。

「彼が、警部の言葉をきいても、動じなかったのは、確信があったからじゃありませんか」

「確信？」

「確信、というより、信じたいという意識といったほうがいいですがね。当然でしょう。木下は、自分が殺した岡崎が、娘と恋人を殺した犯人に間違いないと、信じたいんですよ。それが、当然でしょう」

「だろうね」

「それが、揺らぐようなことを告げるのは、可哀相ですよ」

と、亀井は、いった。

「カメさんは、本当に、いい人なんだな」

「それ、皮肉ですか？」

亀井は、いやな顔をした。

「本当に、そう思ってるんだよ」

「よくわかりませんが――」

「私も、カメさんのように、善意の人間でありたいと、思っているんだ」

と、十津川は、いった。

「やはり、皮肉ですねえ」

「私はね、木下が、なぜ、簡単に、岡崎を犯人と信じて殺してしまったのか。それが、どうにもわからないんだよ。引っかかってくるんだ。私が本当に、カメさんのように優しければ、こんな疑問は、持たないんだろうが」

と、十津川は、いった。

「疑問は、いくつかあると、思いますよ。けど、岡崎が、レイプ犯のモンタージュによく似ていたこと、木下が、とにかく、娘の敵を討ちたいと焦っていたこと、それに、木下は、岡崎を痛めつけたと思うんです。それで、岡崎が、怖くなって、木下の娘と、恋人を、殺したといってしまった。そんなことが、重なって、木下は、岡崎を、娘の敵と、思いこんでしまったんじゃないかと、思います。すべて、私は、無理がないことだと、思いますがね」

と、亀井は、いう。

十津川も、亀井の気持ちが、よくわかる。多くの人が、木下に同情的だった。ある週刊誌が、木下の行動について、アンケート調査をしたことがある。それによれば、彼の行動は法律に反するが、気持ちはよくわかるというのが、大半を占めていた。

だが、十津川には、どうしても、引っかかることがあって、それを、見逃せないのである。

それは、木下が、娘を殺した犯人を見つけ出すといって、家を出てから、わずか二日間で、岡崎を見つけ出し、犯人と確信して、殺したことである。

木下は、萩、津和野を探し回っているとき、偶然、モンタージュそっくりの岡崎に出会い、尾行し、犯人と確信したため、殺したと、いっている。このことは、裁判でも、彼自身、証言していた。

十津川も、偶然ということを、否定はしない。偶然、立ち寄った家や、店で、殺人犯人とぶつかって、逮捕したこともある。

だが、今度の場合は、偶然が、すぎるような気がして仕方がないのだ。

十津川が、今までの捜査で出合った偶然は、犯人を捜しつくした揚句、ふいに、犯人にぶつかったというものなのだ。それに反して、木下は、東京を発って、まっすぐ、萩、津和野に向かい、そこで、いきなり、岡崎に出会っている。

(うまく、いきすぎているのではないか？)

そんな気がしてしまうのだ。

もう一つ、十津川が、引っかかるのは、木下が、いきなりといっていい早さで、岡崎を殺してしまったことである。

「この男が、娘を犯し、殺した犯人と思ったら、かっとして、つい、殺してしまいました。今から考えれば、警察に連れていくべきでした」

と、木下は、裁判で、証言した。

亀井も、その気持ちはわかる、といった。

十津川も、わかるような気はするのだが、それでもなお、木下が、簡単に殺してしまったのは、引っかかるのだ。

ただ、そうした疑問が、どう、今度の事件に関係してくるのか、十津川には、見当がつかないのである。

もちろん、何の役にも立たないことで、十津川は、悩んでいるのかもしれなかった。彼が、悩んでいるのは早見まり子を殺した犯人のことである。

木下に感じている疑問が、早見まり子殺害の犯人捜査に結びついていくのだろうか？　正直にいって、十津川自身あまり自信がなかった。

食事がすんでから、亀井が、

「今日、木下と面会して、何か、収穫がありましたか？」

と、十津川に、きいた。

「今、それを、自問していたんだ。何か、収穫があったろうかとね」

と、十津川は、いったあと、

「あったような気もするし、なかったような気もしているんだ。たぶん、しばらく、時間を置いてから、はっきり、わかってくるんじゃないかと、思っているんだがね」

と、結んだ。

捜査本部に戻ったあとも、十津川のこの自問は、続いた。

その耳に、木下由美子の妹が、学業の途中で、アメリカに留学するらしいという噂が、伝わってきた。

アメリカにいる木下家の親戚が、彼女を引き受けるのだという。

(そういえば、木下も、次女を、アメリカあたりに留学させたいと、面会の時に、いっていたな)

と、十津川は、思い出した。

彼女は、やはり、殺人者の娘ということで、学校で、いじめを受けるだろうから、国外の学校にいかせたいのだと、木下は、いった。

だが、学校へ調べにいった北条早苗刑事は、意外なことを、十津川に、報告した。

「校内での、彼女に対するいじめは、まったくといっていいほど、ありません。これは、マスコミが、木下の行為を、英雄的に伝えたからみたいですわ。彼女のクラスメイトは、木下を、立派な人だと思っているんです。だから、彼女に対するいじめも起きていないんです」

「しかし、彼女自身は、アメリカ留学を、望んでいるんだろう?」

「はい」

「なぜかな?」

第七章　留　学

1

木下由美子の妹、冴子のアメリカ留学が決まった。ひどく、慌ただしい決定だった。

十津川と、亀井は、彼女のいる短大にいき、戸田《とだ》という学生部長に会った。

戸田は、十津川の質問に対して、複雑な表情で、

「正直にいって、私は、あまり賛成できないのですがね」

と、いった。

「それは、なぜですか？」

と、亀井が、きいた。

「あまりにも、急ぎすぎましたからね。もう少し、留学する相手校のことを、調べるべきだったと思いますよ。もっと、いい学校に留学できるはずなんです」

と、戸田は、いった。

「あまりいい学校ではないんですか？」

「そうです。評判のいい学校じゃありません。まあ、それだけ、簡単に入れるということですかね。私としては、もう少し、慎重に、相手校を選んでもらいたかったですよ。彼女は、優秀な学生なんだから」

と、戸田は、本当に、残念そうに、いった。

「彼女は、焦っていたということですか？」

「そうでしょうね。まあ、父親が、ああいうことになったので、無理もないとは、思うのですがね」

「しかし、彼女は、ここで、別に、いじめは受けていないと、ききましたが」

と、十津川は、いった。

「ええ。それは、まったくありませんでした。むしろ、仲間が、そのことに触れないようにしていて、それが、ちょっと、彼女にとって、辛かったということは、あるかもしれません」

と、戸田は、いった。

「本人は、今度の留学を、喜んでいるんでしょうか？」

と、亀井が、きいた。

「彼女は、あまり喜怒哀楽を顔に出さないんで、はっきりとはわかりませんが、いやがってはいませんね。日本を離れたいという気持ちは、持っているようですから」

と、戸田は、いった。

「彼女は、いつ、アメリカへ出発するんですか？」

と、十津川は、きいた。

「来週の月曜日です。向こうから、入学許可も届いていますからね」

「あと、四日ですか」

「警察は、何を調べていらっしゃるんですか？　事件は、もう終わったわけでしょう？」

戸田は、不思議そうな目をして、十津川に、きいた。

「まあ、終わっていますが、細部で、つめが、必要でしてね。それに、木下家のことも、心配ですから」

と、十津川は、いった。

「ああ、わかります。あそこのお母さんは、本当によくやっていますよ。娘が殺されて、夫が、刑務所に入ってしまえば、普通なら、参ってしまいますがね。しっかりと、家を守り、妹娘を、アメリカに留学させ、自分は、刑務所に、面会に通っている。偉いですよ」

と、戸田は、いった。

「お金は、どうしているんですかね？」

と、亀井が、きいた。

「それは、実家が資産家のようですから、その点は、大丈夫なんじゃありませんか」

と、戸田は、いった。

「資産家のお嬢さんなんですか」

十津川は、彼女の顔を思い出しながら、いった。

「そうですよ。気位《きぐらい》の高い方だから、今度のことは、ひどくショックだったでしょうが、しっかりしていると、感心しているんです。今度、娘さんを留学させるについても、こちらへ見えて、きちんと、挨拶されていますからね。さすがに、いいところのお嬢さんだと、思いましたよ」

と、戸田は、いう。

「冴子さんですが、もう一度、ここへ、挨拶にきますか？」

と、十津川は、きいた。

「ええ。明日の午後、くるといっていましたよ」

「お母さんとですか？」

「いや、ひとりでだと思いますが、それが――？」

「その時、彼女に、会いたいと、思いましてね」

と、十津川は、いった。

2

翌日の午後、十津川と、亀井は、再び、短大を訪ね、挨拶にきた木下冴子に会った。

死んだ姉の由美子に比べると、内気で、おとなしい感じだった。といっても、十津川は、生前の由美子には、会っていないのだが、男を殺しに、ひとりで、旅に出たりしたところをみれば、勝気で、奔放な性格であることは、想像がつくのだ。

十津川と、亀井は、冴子を、短大横の喫茶店に連れていった。

「来週の月曜日に、アメリカへ出発するそうですね」

と、十津川は、話しかけた。

冴子は、黙って、うなずく。

「なぜ、今、アメリカ留学を、決意したんですか?」

「母のすすめですわ。それに、私も、日本以外の場所で、生活してみたくなったんです」

と、冴子は、いった。硬い、いい方だった。

「私は、お父さんのすすめだったんじゃないかと思っていたんですがね」

と、亀井が、いった。

冴子は、眉をひそめて、

「父とは、関係ありませんわ」

と、いった。

「そうですか」

と、十津川は、うなずいてから、

「どうも、今回の事件で、何か、霧がかかったようなところがありましてね。できれば、それを、はっきりさせたいんですよ」

「私には、わかりませんわ」

と、冴子は、いう。

「怒らないでもらいたいことがあるんですよ」

と、十津川は、冴子を見つめた。

「何でしょうか？」

「私は、今度の事件を、こんなふうに、考えたんですよ。今までの、警察や、マスコミが考えたストーリーは、間違っているんじゃないか。あなたのお姉さん、由美子さんが、観光地でレイプされ、その仕返しのために、書置きを残して出かけ、逆に、殺されてしまった。お父さんは、そんな娘の敵を討つために、萩、津和野に出かけ、岡崎を見つけて、殺した。娘を愛する父親の、止《や》むに止まれぬ行動ということで、事件は、終わってしまった。しかし、これでは、どうにも、解決できない問題が、残ってしまったんですよ。その一つが、由美子さんの親友の早見まり子さんのことです。誰が、何のために、彼女を殺したのか？　それが、わからないんですよ」

と、十津川は、いった。

「私には、関係ありませんわ。まり子さんは、姉のお友だちで、私は、二、三回しか会っていませんから」

と、冴子は、いった。

「そうでしょうね。早見まり子さんは、お姉さんの親友で、あなたの親友ではなかったんだから。彼女は、お姉さんとその恋人が殺された時、真相をしっているようなことを、いっていた。そのため、何者かに、殺されたんです。マンションの自室のなかでね。ゆきずりの犯行とは、思えない。顔見知りで、ちゃんと、部屋に通していますからね。つまり、犯人は、顔見知りで、部屋に通すだけの理由を、持っていたということです。私宛てに届いた『白井敬一郎を殺した人間が、由美子も殺した』という匿名の投書も、彼女が出したものと、今は思っているんですよ」

「何のことか、私には、よくわかりませんけれど。私は、今もいったように、その人を、よくしらないんです」

と、冴子は、いった。

「わかっています。ただ、死んだお姉さんにとっては、親友だった」

「ええ」

「だから、いろいろと、話をしていたんじゃないかと、思うのです。相談をしていたかもしれない」

「ええ。でも、私には、それが、何かわかりませんわ」

と、冴子は、いった。

「ほかにも、今回の事件で、おかしいと思うことが、いくつかありましてね。例えば、お姉さんが、あいつを殺しにいくといって、出かけたとき、なぜ、簡単に、相手が見つかると、信じていたのか、それがわからなかった。その上、簡単に、毒殺されてしまっている。しかも、自分が悪かったという遺書を残してですよ。不可解じゃありませんか?」

と、十津川は、いった。

冴子は、当惑した顔になって、

「そういうことは、私に話してくださっても、困りますわ。私は、今回の事件には、直接、関係ありませんから」

「いや、そういうことはないと、思いますよ。あなたは死んだお姉さんのそばにいたんだから、何かを、しっているはずです。しっているからこそ、日本に、居辛くなって、アメリカへ、逃げるんじゃありませんか？」

と、十津川は、きいた。

「私は、何もしりません」

冴子は、硬い表情で、いった。身構えている感じだった。

「じゃあ、私が、いいましょうか」

と、十津川は、いった。

「何をですか？」

「今度の事件の真相です」

「そんなこと。真相なんて、もう、はっきりしているじゃありませんか！」

急に、冴子は、甲高く声をあげた。

「いったでしょう。マスコミが書いたストーリーは、嘘です。真相は、別にあるんです」

「そんなもの、ききたくありませんわ」

と、彼女は、いう。

「なぜですか？　なぜ、真相を、しりたくないんですか？」

「そんなの、嘘に決まっているからです」

と、冴子は、強い声で、いった。

「なぜ、嘘だと、決めつけるんですか？」

十津川には、珍しく、執拗なきき方をした。

「警部」

と、心配して、亀井が、押さえようとするのを、十津川は、無視して、

「私はね、できたら、あなたの口から、本当のことを、話してもらいたい、と思っているんです。お父さんや、お母さんからは、どうしても、真相を、きけそうに、ありませんからね」

「何もしらないのに、何が、いえるんでしょう？」

と、冴子は、十津川を、睨んだ。

十津川は、小さく、溜息をついて、

「じゃあ、私が、話しましょう。あなたの口から、ききたかったんですがね。木下さん、あなたのお父さんは、娘を、異常に愛していたんだと思う。特に、お姉さんの由美子さんをね。お父さんは、旅行会社に勤めていて、ある日、彼女を、旅行に誘った。相手が、父親だから、彼女は、何の疑いも持たずに、応じて、一

緒に旅行した。たぶん、萩から、津和野にかけての旅だったと思いますよ。そこで、間違いが起きた。木下さんは、娘の由美子さんを愛するあまり、犯してしまった。近親相姦です。由美子さんは、悩んだと思いますよ。恋人の白井さんと、結婚できないといったのは、そのためです。悩んだ末、彼女は、自分で、結着をつけることにした。あいつを殺すとだけ書き残したのは、その男が、父親だから、名前が、書けなかったんです。彼女は、お父さんを、萩か、津和野に、誘い出したんだと思いますね。その時、お父さんは会社に、道南に新しい観光ルートを作るため、といって出張届を出し、実は、こちらにきていたんです。それをしって、恋人の白井さんは、慌てて、萩へ走った。恋人だから、うすうす、勘づいていたのかもしれません。白井さんは、萩で、お父さんと会って、詰問した。真相がしられるのを恐れたお父さんは、白井さんを殺して、逃げました。逃げたというより、津和野で、由美子さんと、会うことになっていたのかもしれない。由美子さんは、益田から何度も東京に電話していたらしいし、東京から女性の声で電話も入っている。結果的に、お母さんが、連絡役を務めたんじゃありませんか。津和野の城跡で会った由美子さんは、お父さんに、自殺してくれと、頼んだんだと思う。何といっても、父親ですからね。殺すことが、できなかったんだと思いますゝ彼女が持っていた遺書は、たぶん、こういう置手紙をして、死んでくれと、父親に、頼んだものだと思うのです。お父さんは、承知したふりをして、逆に、由美子さんを、毒殺してしまった——」

「——」

冴子は、黙って、いやいやをした。

十津川は、構わずに、言葉を続けて、

「親友の早見まり子さんは、うすうす、真相を、由美子さんから、きいていたんだと思います。それで、お父さんに、電話をかけた。由美子さんがいっていたことが、本当かどうかきくためです。お父さんは、由美子さんの通夜の日にもかかわらず、慌てて、訪ねていった。本当のことをしってほしいとでもいってね。だから、早見まり子さんは、部屋に通した。お父さんは、部屋にあがり、彼女の口を封じてしまったのです」

「——」

「こうなると、どうしても疑いが、お父さんにかかってきます。そこで、お父さんは、乾坤一擲の手を打ったんですよ。娘をレイプして殺した男を見つけ、激情にかられて、殺してしまう父親の役を演じるという手をです。お父さんは旅行会社に勤めていて、客の相談にも応じていた。その客のなかに、たまたま、レイプ犯のモンタージュに似た男、岡崎幸男が、いたんだと思うのです。あるいは、彼に旅行先で、女をレイプした話を、きいたりしていたのかもしれません。そこで、お父さんは、岡崎を、津和野に誘い出して、殺し、警察に、自首して出たのです」

「――」

「お父さんの狙いは、適中しました。娘と、娘の恋人を殺された父親の敵討ちということで、マスコミが騒ぎ、お父さんの父性愛に、同情が、集まりました。お父さんの思惑どおりになったわけです。お父さんが怪しいのではないかという疑いなど、霧散してしまいました。まさか、何かを企んで、殺人まで犯しはしないだろうと、世間は、考えたわけです」

「――」

「今、お父さんは、安全地帯にいて、ほっとしていると、思いますよ。刑務所に会いにいったら、そんな表情でしたからね。しかし、われわれとしては、真実を、明らかにしなければ、ならないんです」

と、十津川は、いった。

3

十津川は、冴子も、本当は、姉と父親の関係を、しっていたのではないかと、思っていた。

だからこそ、母親が、府中刑務所に、面会にいっても、冴子は、いかなかったのではないか。

十津川は、そんなふうに考えていたのだ。もし、そうなら、当然、父親に反感を持っているだろう。

父親を告発することを、承知してくれるのではないか。十津川は、それを期待したのだが、冴子は、十津川の話をきき終わると、

「そんな話は、信じませんわ」

と、いった。

(冴子は、何も、しらなかったのか)

と、十津川は、思いながら、

「あなたが、信じたくないのはよくわかりますが、これは、真実なのですよ。あ

なただって、うすうす、感づいていたんじゃありませんか？　もちろん、お母さんは、しっていたと思いますよ。しかし、一家の恥になることだから、何もいわなかった。そうなんでしょう？」

「とにかく、アメリカにいくので、その準備で、忙しいんです。失礼します」

と、冴子は、にべもない調子で、いう。

「早見まり子さんが殺されたことについては、どう思うんです？　彼女は、ただ、お姉さんの親友だということだけで、殺されているんですよ。彼女のことは、調べつくしました。その結果、犯人は、お父さん以外にはいないんです。動機は、お姉さんの親友だった彼女が、真実をしっていたからです」

と、十津川は、いった。

「証拠は、あるんですか？」

と、冴子が、じっと、十津川を睨んだ。

「証拠はありません。状況証拠だけです」

「それでは、刑事さんの思いこみだけじゃありませんか？　そんな思いこみで、これ以上、私の家を、めちゃくちゃにしないでください」

冴子は、怒りを見せていい、椅子から、立ちあがった。

「ちょっと、待ちなさい」

と、亀井が、制して、

「あなただって、真実をしりたいでしょう？　しりたくないんですか？」

「警察の好むような真実なんて、私には、興味ありませんわ」

「冴子さん」

「カメさん。もういい」

と、十津川が、止めた。

冴子が、憤然とした顔で、店を出ていった。

「警部！」

と、亀井が、舌打ちする。

「彼女を、これ以上攻めても、何にも喋らないよ。無理に証言させても、効力はない」

と、十津川は、いった。

「しかし、彼女が、当てにならないとすると、ほかに、誰がいますか？　木下の奥さんは、今の娘以上に、何も証言しないと思いますね。恥になるようなことは、口が裂けても、証言しないでしょうから」

亀井は、腹立たしげに、いった。

「確かに、難しいねえ」

と、十津川も、苦い笑い方になった。

今のところ、木下が、娘の由美子と関係し、それが明らかになるのを恐れて、彼女だけでなく、彼女の恋人の白井まで殺したという証拠は、まったくないのである。

早見まり子殺しの証拠もない。

頼りは、木下の妻か、次女の証言なのだが、第一回目は、失敗した。

次女の冴子には、はねつけられたし、妻のほうは、なお、難しいだろう。

だが、最大の壁は、彼女たちの反対ではないと、十津川は、思っていた。

最大の障害は、今、刑務所にいる木下を飾り立てている美談なのだ。

最愛の娘を殺され、その恋人も殺された父親が、止《や》むに止まれず、その敵を討ち、自ら罪を背負って、刑務所に入ったという美談である。

一部には、私刑は、いけないという批判はあったが、大部分のマスコミや、一般の人たちは、木下の行為を、認めたのである。いや、ただ単に、認めただけではなく、賞讃したのだ。

その証拠に、木下に対して、減刑の声が高まり、署名集めをした人たちもいた。今でも、刑務所にいる木下に、励ましの手紙が、毎日のように、届いているらしい。

この美談と、賞讃の壁に、いわば、十津川は、穴を開けようというのである。

それに、賛成してくれる人も組織も、まず、ゼロと見なければならない。

それどころか、反感を持たれるに、決まっている。

(木下は、その壁の向こうで、のうのうとしているのだ)

と、十津川は、思っていた。

刑務所の壁ではない。世論という壁だ。そのなかには、残念ながら、島根と、山口の両県警も入っている。

どちらの県警も、木下を逮捕した時点で、今回の事件は、終わったと結論している。したがって、これ以上、両県警の協力を得ることは、難しい。

「八方塞がりだな」

と、十津川は、呟いた。

「少し歩きませんか」

と、亀井が、誘った。

二人は、店を出ると、近くの公園に向かって、歩いていった。

小ぢんまりした公園だった。小さな池の周囲に、遊歩道があり、ところどころに、ベンチが、置かれている。

時間が時間だけに、人の姿は、ほとんどなかった。

犬を連れた四十歳くらいの女が、退屈そうに、ベンチに腰をおろしているだけである。

二人は、池の周囲を、ゆっくり歩いた。

「無駄でも、木下の奥さんに会ってみよう。ほかに、いないからな」

と、十津川は、あまり、自信のない声で、いった。

「ほかに、誰かいませんかね?」

「私は、木下が、白井を、萩で殺し、由美子を、津和野で殺したと思っている。だから、二人が死んだ前後に、萩と、津和野で、木下を見たという証人が、ほしいね」

「しかし、両県警の協力は、期待できませんよ」

と、亀井は、いう。

「それは、わかってる。西本たちに、やってもらうより仕方がない」

と、十津川は、いった。

「すぐいかせましょう」

「ああ、萩と、津和野に二人ずつ、いってもらう」

と、十津川は、いった。

亀井が、公園のなかの公衆電話から、捜査本部に電話をかけ、西本たちに、指示を与えて、戻ってきた。

「今日中に、向こうに着き、すぐ、聞き込みを始めると、いっています」

「では、木下の奥さんに、会ってみるか」

と、十津川は、いった。

4

木下家を訪ねるのは、何度目だろうか。木下が、刑務所に入ってからは、確か、今日が、最初のはずだった。

木下の妻、とし子は、明らかに、十津川たちがくるのを、予期していた顔だった。娘の冴子が、しらせたのだろう。

何も話さないぞという目で、十津川たちを迎えた。

「今日は、いやな話をしにきました。が、真実を避けては、通れません。ご主人は、由美子さんと、由美子さんの恋人の敵を討ったといわれていますが違います。ご主人が、二人を殺したんですよ。あなたも、うすうす、そのことに、気づいていたんじゃありませんか？」

と、十津川は、切り出した。

「そんなことが、あるはずがありませんわ」

と、とし子は、下を向いて、いった。

「いや、あなたは、木下の奥さんだ。だから、気づいていないはずはないと、私は、思っている。ご主人と、由美子さんに、関係ができたことを、妻であり、母親であるあなたが、気づかなかったはずはないからですよ。あなたが、その時、適切な処置を取っていたら、由美子さんも殺されずに、すんだはずです。白井敬一郎さんも、殺されずに、すんだと、私は、思っています。二人だけじゃない。由美子さんの親友の早見まり子さんを、ご存じでしょう？　彼女も、死なずに、すんだんですよ」

と、十津川は、相手を傷つけるのを承知で、ずけずけと、いった。

「私が、すべて、悪いと、おっしゃるんですか？」

と、とし子は、いった。

「もちろん、一番悪いのは、ご主人です。しかし、あなたも、勇気がなかった。そのために、何人もの人間が、死んでしまったんです」

「何のことを、おっしゃってるのか、わかりませんわ。私の責任だとか、本当に悪いのは、主人だとか。主人は、ただ、娘の敵を討っただけです。それだけですわ」

「奥さん。そんなことが、嘘であることは、よくわかっていますよ。奥さんは、これ以上、傷つきたくないと思っている。冴子さんのこともありますからね。その気持ちは、私にも、よくわかります。しかし、それでは、早見まり子さんは、どうなるんです？　いまだに、犯人も不明で、事件は、解決していないんです。それに、津和野で殺された岡崎という青年だって、何のために殺されたのか、わからないのです。われわれが調べてみて、彼が、由美子さんを殺してないことは、はっきりしたんです。白井敬一郎さんも、岡崎は、殺していない。それなのに、岡崎は、虫けらのように、殺されました。ただ、ご主人を、悲劇の主人公にするためにです。岡崎の顔が、レイプ犯のモンタージュに似ていたために、彼は、殺されてしまったのです」

「――」

「あなたは、そんなことも、たぶん、気づいていたはずですよ。岡崎が、娘の由美子さんを殺した犯人でないことをです」

「――」

「岡崎幸男には、妹さんがいます。会いました。彼女は、兄さんは、殺人なんかしてないと、信じているんです。早見まり子さんにだって、家族がいる。その家族は、本当のことを、しりたがっているんです。あなたは、家庭の平和を守りたい。だから、本当のことを、認めたくないし、話したくない。しかし、殺された人たちの家族には、それでは、すまないんじゃありませんか？」

「帰ってください！」

突然、とし子が、ヒステリックに、叫んだ。

「帰ってください。もう、何もききたくありません！」

と、彼女が、いう。

二人は、帰ることにした。粘ってもいいと思ったが、こちらが、粘れば粘るほど、相手が、頑なになっていくだろうと、思ったからだった。

「やはり、駄目でしたね」

と、外に出たところで、亀井が、いった。

「そうだな。まあ、予想どおりだから、失望はしなかったがね」

と、十津川は、いった。

「木下が、本当のことをいうはずがないし、とし子に、娘の冴子も、駄目だとなると、木下の家族からの証言は、もう無理ですね」

「妙ないい方だが、今、あの家族は、結束が、固いんだ。幻影でしかないんだが、三人で、それを守ろうとしている」

「冴子が、アメリカに留学したら、結束は、ますます、固くなるんじゃありませんか？」

と、亀井は、いった。

「かもしれないな」

「これから、どうしますか？　西本刑事たちの捜査の結果を、待ちますか？」

「私は、木下と、岡崎は、津和野で、初めて出会ったんじゃないと、思っているんだよ」

「警部は、前にも、そういわれましたね。前から知り合いだったんじゃないかと」

「木下が、たまたま、津和野にいき、そこで、モンタージュの男によく似た岡崎に出会ったというのは、どう考えても、できすぎている話だと、思っているんだ。むしろ、前からしっていたと考えたほうが、自然だ。木下は、旅行会社で働いていたから、いろいろな人から、旅行の相談を受けていたと思う。なかには、一回だけの相談ではなく、旅行を通じて、知り合い、文通とか、定期的に、旅行の案内をしていた人間も、いたんじゃないだろうか？　木下が、追いつめられ、一刻も早く『娘の敵を討った父親』の役を演じなければと思ったとき、旅行を通じて知り合った何人かの人たちのなかに、モンタージュによく似た岡崎幸男という男がいたのを、思い出したんだ。彼が、レイプ犯かどうかは、どうでもよかったんだよ。娘を殺されて、錯乱している父親は、モンタージュに似ている岡崎を、犯人と思いこみ、娘の敵を討つ気で、殺してしまった。それでいいんだ。それで、充分に、世間の同情は集まるし、刑務所には入れられるが、木下は、安全地帯に、逃げこめるんだ」

と、十津川は、いった。

「前から、二人が知り合いだったかどうか、その観点から、われわれが直接、調べましょう」
と、亀井は、いった。
二人は、岡崎幸男のマンションに、回ってみることにした。

第八章　悲しみの終章

1

十津川と、亀井は、岡崎幸男についての聞き込みに回った。

まず、彼が住んでいたマンションにいき、管理人や、隣室の住人に、話をきいた。主として、旅行についてである。

その結果、十津川が、期待する答えが、返ってきた。

右隣の部屋に、若いＯＬが、二人で住んでいて、そのひとりが、証言してくれたのだが、

「岡崎さんが、旅行好きだというので、前に、一度、相談したことがあるんですよ。女二人で、旅行したいんだけど、場所は、どこがいいかしらって。そした

ら、自分のしってる人が、旅行会社に勤めているから、紹介しようと、いってくださったの」

と、いうのである。

「それは、何という人ですか？」

と、十津川は、興奮を感じながら、きいた。

「名刺をいただいたはずだわ」

と、そのOLはいい、奥から、一枚の名刺を、持ってきて、二人に見せた。

やはり、木下の名刺だった。十津川は、亀井と、目でうなずき合ってから、OLに、

「それで、この人と会ったんですね？」

「ええ。岡崎さんに、連れていっていただいて、会って、いろいろと、参考になる話をききました」

「それは、いつのことですか？」

「今年の三月頃だったと思います。そのあと、二人で、春の四国《しこく》へ旅行しましたから」

と、OLは、いう。

「岡崎さんと、この木下という人とは、どんな様子でしたか？　親しく見えましたか？」

と、亀井が、きいた。

「この木下さんが、いってたんですけど、岡崎さんも、最初は、ただのお客として、旅行の相談に見えたらしいんです。それが、去年の二月頃だったそうですわ。そのとき、岡崎さんとは、妙に気が合って、何回か一緒に、旅行したと、木下さんは、いってました」

とＯＬは、いった。

十津川は、念のために、木下の顔写真を見せたが、ＯＬは、間違いなく、この人だと、答えた。

岡崎が殺された時、西本たちが聞き込みをしたはずだが、最近の若い女性は、自分に関係のないニュースには無関心なのか、あるいは、よけいなことは話さない主義なのか、意外なところに盲点があったわけである。

もっと早く、情報を提供してくれていたら、と思いながらも、十津川と、亀井は、笑顔で、礼をいい、マンションを出た。

「これで、一歩、解決に近づきましたね」

と、亀井が、パトカーに戻ったところで、十津川に、いった。

「彼女の証言は、テープにとったかね？」

「とりましたよ。もちろん」

亀井は、笑顔で、ポケットから、テープレコーダーを取り出して見せた。

「もう一度、木下に会って、このテープをきかせてやろう」

「その時、木下がどんな顔をするか、見ものですね」

「刑務所にいく前に、このことを、しらせてやりたい人がいる」

と、十津川は、いった。

「誰ですか？」

「岡崎幸男の妹だよ」

「ああ、怖い目で、われわれを睨んでいた娘ですね」

「今度会った時も、また、睨まれたくないからね」

と、十津川は、笑った。

彼女に、電話で、今までわかったことをしらせてから、十津川は、亀井と、木下に会いに、府中刑務所に出かけた。

所長に、電話をしておいて、木下に、面会する。

木下は、相変わらず、血色がよく、落ち着き払い、妙ないい方だが、自信にあふれているように見えた。

木下は、二人の顔を見ると、

「終わった事件を、まだ、調べているんですか？　私は、いまさら、あの男を殺してなんかいないなんて、いい出したりはしないから、安心してくださいよ」

と、いった。

「あの男というのは、岡崎幸男のことですね？」

と、十津川は、きいた。

「そうですよ」

「彼とは、前から知り合いだったんじゃありませんか？　彼を殺す前から」

「とんでもない。津和野で、初めて出会って、モンタージュの男に、そっくりだと思って、尾行したんですよ。ひょっとすると、この男が、娘を殺した犯人じゃないかと、胸を躍らせながらね」

「では、これをきいてください。岡崎幸男と同じマンションに住んでいるＯＬの証言です」

十津川は、テープレコーダーを取り出して、再生のスイッチを入れた。

ＯＬと、十津川の会話が、きこえる。

木下の表情が、次第に、険しくなった。

「止めてくれ！」

と、木下が、突然、叫んだ。

「もう少しで終わりですよ」

「いいから、止めてくれ」

と、木下が、いう。

十津川は、テープを止めた。

「これは、何の真似なんだ？」

と、木下が、十津川を、睨んだ。

「あなたを、岡崎に紹介されたＯＬの証言ですよ」

「私は、岡崎は、しらなかったし、こんなＯＬにも、会ったことがない。なぜ、私を、貶《おとし》めようとするんだ？　殺人犯が、英雄になったんで、警察としては、面白くないんだとは思うが、私は、自分を、英雄だなんて、思っていませんよ」

と、木下はいった。

「そうさ。あんたは、英雄じゃないどころか、自分の保身のために、何の罪もない青年を殺した卑劣な男だよ」

と、十津川は、いった。

木下は、急に、体を小きざみに震わせ始めて、

「看守さん！　房に戻してくれ！」

と、甲高い声で、叫んだ。

「逃げても無駄だよ。あんたの正体は、もう、わかってしまったんだ」

と、十津川は、木下の背中に向かって、投げつけた。

2

翌朝、十津川は、自宅で、電話の音で、叩き起こされた。

妻の直子《なおこ》から、受話器を受け取る。

「亀井です」

と、相手が、いった。

「何があったんだ？」

「木下の奥さんが、昨夜遅く、救急車で、病院に運ばれました」

と、亀井は、いった。

「今度の事件に関係があるのか？」

「わかりませんが、引っかかります」

「どこの病院なんだ？」

「世田谷のN病院です。私は、これからいくつもりです」

「じゃあ、向こうで、会おう」

と、十津川は、いった。

素早く支度をし、直子の焼いてくれたトーストと、牛乳だけで、朝食をすませ、世田谷のN病院に向かった。

病院の前までくると、取材の車が、五、六台、早くも、押しかけてきていた。

十津川は、裏口から、警察手帳を見せて、なかに入れてもらった。

三階の病室にあがっていくと、エレベーターの前で、亀井が、待っていた。

「どんな具合だ？」

と、十津川は、きいた。

「木下とし子は、だんまりです。何も、答えてくれませんが、どうやら、若い女に、殴られたようです。今、三田村と田中が、木下家の周辺の聞き込みをしていますが、その二人からの情報です」

「若い女ね。岡崎の妹か？」

「そうらしいです」

「私の話をきいて、木下家に、乗りこんでいったのかもしれないな」

「彼女にしてみれば、殺された兄の敵討ちのつもりで、押しかけたんじゃありませんか？　マスコミも、警察も、木下の味方だと、思っているでしょうから」

「木下とし子の怪我は、どの程度のものなんだ？」

と、十津川は、きいた。

「医者の話では、額や、肩のあたりに、打撲傷があるが、命に別状は、ないということです。今日にでも、退院できるだろうといってますが、問題は、表に押しかけてきているマスコミですね」

と、亀井は、いった。

「娘の冴子は、どうしているんだ？」

「病室に、きています」

「彼女も、だんまりかね？」

「そうです。何もいいません」

「二人とも、追いつめられてきているということだな？」

と、十津川は、いった。

「そうですね。二人とも、真相をしっていて、何も喋らないんだと、思いますから」

と、亀井は、いった。

「いつまで、それが、続けられるかだな」

と、十津川は、いった。

「二人は、必死になって、真相を隠そうとすると思いますよ。真相が、漏れたら、とし子も、冴子も、いたたまれないでしょうからね」

「そうだな」

「特に、木下とし子のほうが、やり切れないと思います」

と、亀井は、いった。

それは、十津川にも、よくわかる。だが、真相は、明らかにしなければならないのだ。

「押しかけているマスコミは、どうしますか？」

と、亀井が、きいた。

「ここだけじゃなく、木下とし子の自宅のほうにも、たくさん、押しかけてきているんだろうね？」

「三田村たちの話では、いわれるとおり、たくさんのマスコミが、集まって、き回っているそうです」

「当然、木下とし子を殴った女が誰かも、調べるだろうね」

「調べるはずです」

と、亀井は、いってから、

「その結果が、どうなっていくと、思われますか？」

と、十津川に、きいた。

「それは、岡崎の妹の出方によるだろうね」

「マスコミは、きっと、なぜ、木下とし子を殴ったかと、彼女に、きくでしょうね。いや、きくに、決まっています。気が強く、兄思いの彼女ですから、どう答えるか、想像がつきますよ」

と、亀井は、いった。

「そうだな」

「その結果、木下が、英雄の座から、引きずり降ろされると、思いますか？　それとも、岡崎の妹を、嘘つきと、決めつけますかね？」

「カメさんは、どっちであって、ほしいんだ？」

と、十津川が、意地悪く、きいた。

「私は、刑事であると同時に、二児の父親です。父親としては娘の敵を討った父親の像は、壊したくありません。しかし、刑事としては、真相を明らかにしたい。いや、しなければならないと、思っています」

と、亀井は、いった。

「同感だね。それに、昨日、私は、岡崎の妹に、岡崎が、木下と、前から知り合いだったことを話した。彼女は、当然、そのことを、記者たちに話すだろう」

と、十津川は、いった。

「記者たちは、半信半疑で、その話を、確かめようと、動くでしょうね」

「ああ、動くと、思うよ。そして、あのＯＬに会うはずだ」

と、十津川は、にっと、笑って見せた。

「警部は、こうなるとわかっていて、岡崎の妹に、ＯＬの話を、電話で教えたんじゃありませんか？」

と、亀井が、きいた。

「彼女が、いきなり、木下とし子を殴るとは、思っていなかったよ。だが、兄思いの彼女だから、マスコミに、兄が無実だと、いい回るんじゃないかという予想はしていた。われわれが、いくら、木下の本当の顔を説明しても、口惜しまぎれだろうといわれるに決まっている。しかし、岡崎の妹が、同じことをいえば、マスコミは、取りあげるだろうという計算は、あったよ。だから、真っ先に、ＯＬの話を、岡崎の妹に、教えてやったんだ」

と、十津川は、いった。

「計算どおりですか？」

「少しばかり、劇的すぎる結果になりつつあるがね」

と、十津川は、いった。

だが、これから、どうなるか、本当は、十津川にも、はっきり、読めているわけではなかった。

マスコミは、気紛れで、残酷だ。

岡崎の妹に話をきくだろうことは、想像がつく。

そして、あのＯＬのところに回るだろう。府中刑務所にも、押しかけるだろう。

だが、そのあと、どうなるかが、わからない。

今までどおり、木下を英雄にしておきたいと思えば、岡崎の妹の言葉は、嘘だと、退けてしまうだろう。

逆に、木下を英雄から、悪党に引きずり降ろすほうが、ニュースになると思えば、容赦なく、そうするだろう。その残酷さが、十津川には、怖いのだ。

だが、今回は、マスコミが、残酷であってほしいという気もしているのだ。

昼すぎになって、記者たちの動きが、慌ただしくなってきた。

3

十津川は、三上刑事部長に頼んで、わざわざ、記者会見をおこなった。

岡崎の妹が、木下とし子を殴ったということで、記者たちが、大勢集まった。

彼等に向かって、十津川は、岡崎のアリバイ以外は、正直に、事実を話した。

「われわれが、調べた結果、岡崎幸男は、木下由美子も、白井敬一郎も、殺していないことが、わかりました。二人が殺された時、岡崎には、完全なアリバイが、あるからです。これが、わかった時、われわれは、最初、木下が、人違いで、岡崎を殺したんだと、考えました。復讐の念に燃えた木下が、新聞に載ったレイプ犯のモンタージュに、よく似た岡崎を見つけ、この男こそ、犯人に違いないと早合点し、思わず、刺し殺してしまったのではないかと、です。しかし、その後、捜査を進めていくにつれて、この考えも、違っていることが、わかってきました。それは、木下と、岡崎幸男が、以前から知り合いであり、岡崎が、旅行会社に勤めている木下に、いろいろと、旅行について、相談していたことが、わかったのです。木下は、たまたま、津和野で、岡崎に出会い、新聞に載っていたレイプ犯ではないかと思ったと、証言していますが、これが、まったく嘘だったということなのです。木下は、以前から、よくしっていた人間を、津和野に連れ出して、娘と、彼女の恋人を殺した犯人として、殺してしまったことになります」

「動機は、何ですか？　今、いろいろと、真相といわれるものが、噂として、きこえてきますが、あれは、本当ですか？」

と、記者たちは、いっせいに、質問した。

「われわれは、噂ではなく、真実を、追い求めます。岡崎幸男が、本件とは無関係で、木下が、前からしっていた男だということになってくると、当然、木下が、娘と、恋人の敵を取るために、岡崎を殺したという理由は、なりたたなくなるわけです。それなら、なぜ、木下は、犯人でもない岡崎を、殺したのか？　それが、問題になってきます。われわれは、一つのことを、考えました。木下由美子と、白井敬一郎が、なぜ、簡単に、犯人に殺されてしまったのかということです。しかも、由美子の場合は、青酸カリまで自分で用意して『あいつを殺しにいってくる』と置手紙をして、つまり、覚悟して出かけたのに、簡単に、毒殺されてしまっているのです。これは、不思議です。それを、考え直してみました。自分をレイプした男を、殺してやるといって、会いに出かけたのに、逆に、青酸カリ入りの飲み物を飲んだというのは、どう考えても、不自然なわけです。それに、レイプ犯が、白井敬一郎まで殺すというのは、不自然です」

「それは、もともと、木下由美子が、白井を殺し、それを悔んで、彼女が、自殺したということだったんじゃありませんか？」

と、記者のひとりが、きいた。

十津川は、苦笑して、

「最初、そう考えたこともあります。白井が簡単に殺され、由美子も、簡単に、死んでしまったからです。それに、彼女の書いた遺書もありましたからね。しかし、由美子は、白井敬一郎を殺していない。これは、はっきりしています。なぜなら、由美子が、白井を殺して、自殺したのなら、本件は、これで完結し、その後の事件は、起きないはずだからです。そのあと、東京では、早見まり子が殺され、津和野では、岡崎幸男が、殺されています。と、いうことは、本件は、津和野で完結していなかったということになってくるのです」

「木下は、二人を殺したのは、レイプ犯の岡崎幸男だと、主張しているわけでしょう？」

と、女性記者が、きいた。

「そうです。しかし、今もいったように、岡崎幸男には、アリバイがあります」

「それでは、岡崎幸男の妹がいっていることが、本当なんですか？」

と、同じ女性記者が、きいた。

「彼女は、何といっているんですか？」

と、十津川は、きいた。

「木下は、単なる人殺しだと、いっていますわ。家族も、それをしっていながら、黙っているんだと。だから、木下とし子を、殴ったんだと、主張しています。それは、本当なんですか？」

「いや、もっと悪いと、私は、思っています」

と、十津川は、いった。

「それは、どういうことですか？」

と、二、三人の記者が、同時に、質問した。

十津川は、一瞬、迷った。

木下が、娘の由美子を犯したと、十津川は思っているが、それを、今、記者たちに話していいものだろうか？

たぶん、証拠もなしにということで、批判されるだろう。まだ、木下は、英雄の座から、引きずり降ろされてはいないのだ。

だが、引きずり降ろさなければ、今度の事件は解決しない。

「一つ一つ、考えていきましょう。まず、白井敬一郎が、なぜ、殺されたかということです。彼は、木下由美子の恋人でした。彼が、彼女をレイプしたら、彼女は、彼を殺そうとするでしょうか？　もちろん、恋人だといっても、レイプは、成立しますが、その場合は、わかれて、終わりにするのではないでしょうか？

といって、レイプ犯が、白井を殺したということも考えにくいのです。レイプ犯が、白井の顔をしっているということは、考えにくいからです。白井と、由美子が、一緒にいるとき、彼女が、レイプされたというケースなら、あり得ますが、このケースなら、由美子が、あいつを殺すと思う前に、白井が、それを考えたはずです。それに、このケースで、白井と、由美子が簡単に、相手に殺されるというのも、不自然です。と、考えてくると、白井が殺されたのは、犯人に対して、油断していたからではないかと、思えてきます。たぶん、白井は、由美子が誰にレイプされたかをしらなくて、萩で会った犯人は、信用している人間だったとしか、考えられないのです。どんな人間が、それに該当するかを考えると、ひとりの人間が、浮かんでくるのですよ」

「誰ですか?」

と、さっきの女性記者がきいた。

4

「由美子の父親です」

と、十津川は、いった。

記者たちは、一瞬、息をのみ、続いて、ざわめきが起こった。

「木下が、白井敬一郎を殺したという証拠はあるんですか? 証拠もなしに、警察が、そんなことをいっていいんですかね？」

若い記者のひとりが、抗議する口調で、いった。たぶん、木下を、持ちあげる記事を書いたことがあるのだろう。

「確証は、ありません。しかし、状況証拠は、木下が、犯人であることを、示しています」

と、十津川は、いった。

「その状況証拠というのを、きかせてもらえるのでしょうね？」

と、記者が、十津川を見た。

「今回の事件は、最初から、不思議だったのです」

と、十津川は、いい、続けて、

「レイプされた若い女性が、相手を殺すといって、旅行に出るなどというのは、私にとっても、初めての事件です。しかも、それを、置手紙しているのです。その置手紙は、いったい、誰に、読ませるつもりだったのか？　それに、なぜ、由美子は、旅行に出て、犯人に会えると、確信していたのでしょうか？　レイプ犯が、家族のなかにいると考えると、由美子の不可解な行動が、納得できるのです。由美子が、父親の木下から、旅行先で、レイプされたとしましょう。私は、あの男を殺しますと、書けば、父親の木下には、それが、何を意味するか、すぐ思い当たったはずです。そして、由美子が、どこへ、出かけたかもです。娘の由美子は、二人にとっての思い出の地にいったに違いないからです。そう考えれば、由美子の行動も、置手紙の謎も、解けてきます」

「しかし、十津川警部。由美子が、たとえ、父親から、旅先でレイプされたとしても、父親を殺そうと考えたのは、少しばかり、激しすぎるんじゃありませんか？」

と、記者のひとりが、きいた。

「そうかもしれません。その点は、私は、こう考えました。由美子には、妹がひとりいます。彼女も、年頃です。由美子は、父親が、自分の妹にも、手を出すのではないか、という不安があったのではないかと思うのです。いや、それらしい兆しがあったので、由美子は、どうしても、父親との関係を、清算しなければならないと、思ったのではないか。これは、私の勝手な想像ですが、彼女は、父親を殺して、自分も、死ぬ気ではなかったかと思いますね」

と、十津川は、いった。

「すると、由美子は、父親の木下を、津和野に呼び出して、殺そうと思っていたということですか？」

「津和野一カ所ではなく、萩、津和野だったのではないかと思いますね。と、いうのは、萩で、白井が、殺されているからです。由美子は、旅に出た。父親が必ず、萩、津和野にやってくると、確信してです。白井は、置手紙のことをしって、彼も、旅に出ました。由美子が、レイプされて、それが原因で、自分に対して冷たくなっていたとしっていたかどうかは、わかりません。ただ、白井は、彼女が萩、津和野旅行から帰ってきてから、おかしくなったのを覚えていて、萩、津和野に向かったと、思います。そして、萩で、木下に出会ったんだと、私は、考えます。木下にしてみれば、萩に、白井がきているのを見て、娘の由美子が、自分のことを、白井に話したに違いないと思ったとしても、不思議は、ありません。そこで、木下は、自分の秘密を守るために、白井を菊ヶ浜に誘い出し、殺してしまったのです。その日、由美子は津和野にいたと思われますが、何らかの方法で居場所を探し出した父親から、白井と菊ヶ浜で会うときかされ、心配になってやってきたのではないかと、私は考えています」

「そのあと、木下は、どうしたんですか？」

と、記者が、きいた。

「萩の菊ヶ浜にやってきた由美子は、白井の死体を見て、父親に殺されたと、直感したに違いありません。そして、次に、父親に会うために、彼女は、津和野で、待ち受けていたのです。益田のホテルで、彼女は、何度も電話をかけ、母のとし子と思われる女性から、電話を受けています。それらの電話は、父親と津和野で会うためだったんです。とし子が、結果的に連絡役を務めたことになったんです。もちろん、木下は、やってきました。こざるを得ないからです」

と、十津川は、いった。

「それで、なぜ、由美子は、死んでしまったんですか？　しかも、遺書めいたものを残して。それがわかりませんわ」

と、女性記者が、きいた。

「もちろん、想像でしかありませんが、津和野で会った由美子は、父の木下に、萩で白井を殺したことを責め、死んでくださいと、頼んだんだと思います。そして、自分も一緒に死ぬといって、自分が書いてきた遺書を見せたに違いありません。木下は、わかったと、彼女にいったと、思うのです。追いつめられて、仕方なく、いったのか、由美子を、安心させようとして、嘘をついたのかは、わかりません。ともかく、由美子は、父親の言葉を信じ、青酸カリを飲んで死んでしまいました」

と、十津川は、いった。

「そのあと、木下は、なぜ、岡崎幸男を、殺したんですか？」

と、別の記者が、きいた。

「われわれ警察は、その時点でも、父親に、疑問は、感じませんでした。由美子が、旅先でレイプされたことが、今回の事件の原因と考えていましたし、そのレイプ犯が、まさか、父親とは、考えませんからね。いや、考えたくないと、思っていたのかもしれません。とにかく、レイプ犯を見つけることに、全力を、あげました。その結果、レイプ犯のモンタージュができあがりました。岡崎によく似たモンタージュでした。この頃、木下の妻のとし子や、由美子の妹の冴子が、どんな気持ちでいたかを、私は、考えてみたいのです。木下の家族、特に、妻のとし子が、何も気づかずにいたとは、思えません。由美子の妹の冴子もです。きっと、夫や、父親に、疑いの目を向け始めていたと思うのです。木下は、遠からず、自分に、家族の疑いの目が向けられ、それが、警察に伝わると、恐れていたと、思いますね。このままでは、危ないと思ったはずです。へたをすれば、娘を犯し、殺した、非道な人間として、刑務所に送られることになりかねない。そこで、木下は、起死回生の手を打ったのです」

「それが、岡崎を殺すことだったわけですか？」

「そうです。前からしっていた旅行好きの青年、岡崎幸男が、モンタージュによく似ていることを思い出し、木下は、自分が助かる道を見つけたのですよ。死んだ娘の敵を討った父親になることです。殺人を犯し、刑務所にいく人間が、まさか、別の事件の殺人犯とは、誰も、思いはしない。そう計算したのです」

と、十津川は、いった。

「すると、木下は、激情からではなく、冷静に、計算して、岡崎を殺したというのですか？」

と、記者が、まだ、半信半疑の表情で、きいた。

「そうです。岡崎を、言葉巧みに、津和野に誘い出し、そこで殺し、娘の敵を討ちましたといって、警察に、出頭したわけです」

と、十津川は、いった。

「まだ、信じられませんわ――」

と、女性記者が、いった。

「それは、冷酷な殺人犯より、娘の敵を討った英雄のほうが、受け入れやすいからだと思いますよ」

と、十津川は、いった。

「もう一度、ききますが、証拠は、あるんですか？」

と、女性記者が、きいた。

「木下が、すべての殺人の犯人と考えれば、今回の事件は、納得できるのですよ。早見まり子殺しも、納得できるのです」

と、十津川は、いった。

5

「つまり、状況証拠しかないということですか？」

と、記者のひとりが、馬鹿にしたように、きいた。

「木下由美子と、白井敬一郎が殺された時の木下のアリバイは、曖昧です。まあ、これも、状況証拠かもしれませんがね」

十津川は、苦笑しながら、いった。

「そのアリバイについて、木下は、何といってるんですか？」

「自分は、旅行会社に勤め、特に、新しく売り物にできるルートの研究をしていた。それで、年中、旅行していて、由美子と、白井が殺された時も、道南を回っていたと、証言しています」

と、十津川は、いった。

「嘘なんですか？」

「調べてみましたが、その日に、彼が、道南にいたという証拠は、ありませんでした。したがって、アリバイが、曖昧だというわけです」

「しかし、木下が、殺人現場にいたという証拠もないわけでしょう？」

「今のところ、ありません」

と、十津川は、正直に、いった。

「それなのに、なぜ、木下が、娘の由美子を殺したという確信が持てるのか、不思議で、仕方がありませんね。僕なんかから見ると、木下が、娘の敵を討ったという話のほうが、素直に、受け入れられますがね」

若い記者が、抗議する口調で、いった。

「そういうストーリーのほうが、読者受けするということですか？」

と、十津川は、軽い皮肉を、口にした。いわれた若い記者は、目を尖らせて、

「読者が、納得できるかどうかということですよ」

と、文句を、いった。

十津川は、記者たちを納得させるのは、難しいなと、感じた。

マスコミは、木下を、刑務所入りを覚悟で、娘の敵を討った英雄に祭りあげた。父性愛の権化だというわけである。

自分たちの作りあげた、そうした木下像を、ぶち壊すのは、辛いだろう。自分たちの不明を告白しなければならないからだ。

記者たちが、半信半疑の表情で、出ていったあと、十津川が、憮然とした表情で、考えこんでいると、記者が、ひとり、戻ってきた。

K新聞の岩崎《いわさき》という中年の記者だった。

黙って、十津川のそばに寄ってくると、声をひそめて、

「今の話は、本当なんですか？」

と、きいた。

「本当ですよ」

と、十津川は、いった。

「まさか、警察の威信のために、でたらめを、いってるんじゃないでしょうね？」

「警察の威信というのは、どういうことですか？」

十津川は、眉をひそめて、きき返した。

「警察が捕えられなかった犯人を、木下が、自分で見つけて、娘の敵を討った。警察としては、してやられて、面白くない。それで、無理矢理、木下を、冷酷な犯罪者にしてしまおうとしているんじゃないか、そう思っている記者も、多いですからね」

「なるほどね。しかし、そんな気持ちは、ありませんよ」

と、十津川は、笑った。

「もう一度、ききますが、木下が、娘を殺したというのは、間違いないんですか？」

と、岩崎は、きいた。

「なぜ、改めて、きくんですか？」

「どこの新聞も、あなたの話は、載せませんよ。木下を、証拠もなく、そんな悪人には、書けませんからね。彼に、告訴されたら、負けますからね。いや、それ以上に、読者の反発が怖いですからね」

「そうでしょうね。それを、いいに、戻ってきたんですか？」

と、十津川は、きいた。

「いや。実は、僕も、木下が、そんな立派な男だということに、疑問を、持っているんですよ。どうも、おかしい。何か、胡散臭いという気がしていたんです」

と、岩崎は、いった。

「しかし、あなたのK新聞も、木下を、英雄にして、書き立てたんじゃありませんか?」

「それは、そうしないと、他紙に、負けると思ったからですよ。だが、警部の話が、本当なら、真実は、報道しなければならないと、思っているんです」

「真実は、さっき話したとおりですよ」

「もし、違っていたら?」

「私は、警察をやめますよ」

と、十津川は、いった。

6

岩崎は、しばらく、考えこんでいたが、

「わかりました。僕も、辞表を書くことにしますよ」

と、いって、にやっとした。

「それは、どういうことですか?」

十津川は、わかってはいたが、念のために、きいてみた。

「うちの新聞では、あなたの話を、載せるということです。父性愛への疑問ということでね」

と、岩崎は、いった。

「確証は、ないんですよ」

「しかし、真実なんでしょう?」

「そうです」

「それなら、あなたを、信用しますよ。うまくいけば、特ダネになりますからね」

と、岩崎は、いって、帰っていった。

翌日の新聞は、見ものだった。

K新聞以外はすべて、十津川の記者会見での話を、全然、載せないか、小さくしか、載せなかった。

K新聞は、社会面に、大きく、

〈父性愛の仮面〉


と、見出しをつけ、木下の行動への疑問を、逐一、あげていった。

おまけに、その記事には「つづく」と、あって、木下への疑惑を、連載することを、示していた。

十津川が、しりたいのは、木下と、その家族の反応だった。

刑務所で、木下が、果たして、K新聞を読むかどうかは、わからなかったが、妻のとし子と、次女の冴子は、K新聞をとっていなくても、誰かから耳に入り、気になって、間違いなく、目を通すだろう。

とし子は、弁護士に相談して、K新聞と、警察を、告訴するかもしれない。その時、十津川には、再反論するだけの証拠がなかった。

(だが、告訴はしまい)

と、十津川は、読んでいた。

とし子にしろ、冴子にしろ、木下の本当の姿は、しっているはずである。特に、妻のとし子は、気づいていたに違いないと、思うのだ。

それなら、K新聞と、警察を、告訴する勇気は、出ないだろう。

告訴しないとしたら、どうするだろうか？　黙殺し、沈黙を守るだろうか？

しかし、実際に起きたことは、違っていた。

木下の妻とし子が、自殺を図って、救急車で、病院に運ばれたのだ。

そのしらせを受けて、十津川は、亀井と、病院に、急行した。

「へたをすると、本当に、辞職することになるかもしれないな」

と、パトカーのなかで、十津川は、亀井に、いった。

「その時は、私も、一緒にやめますよ」

「いや、カメさんは、関係ない。今度のことは、私が、勝手にやったことなんだ。どうしても、木下という男が、許せなかったんだよ」

「私もです。憎しみからの殺人なら許せますが、今回の事件は、違います。自分の名誉を守るために、関係のない男を殺し、刑務所に逃げこんだんです」

「ああ、そうだ」

「K新聞の岩崎記者も、同じ気持ちで、あの記事を書いたんですかね？」

と、亀井が、パトカーを運転しながら、きく。

「少しはあるかもしれないが、K新聞は、特ダネが、ほしくて、私の話に、のってきたんだと思うね。だから、今頃、心配していると思うよ。K新聞の記事のせいで、木下とし子が、自殺を図ったとしか思えないからね」

と、十津川は、いった。

病院の前には、新聞社の車が、すでに、集まっていた。

十津川の姿を見ると、記者たちの間から、

「昨日の警察の発表が、自殺未遂の引金《ひきがね》になったんじゃありませんか？」

「彼女が死んだら、警察は、責任をとるんですか？」

と、質問が、浴びせかけられた。

十津川は、硬い表情で、黙ったまま、病院のなかに入っていった。

副院長に会うと、

「大丈夫です。助かります。それより、精神的なもののほうが、心配ですね。相当、参っているみたいですよ」

と、副院長は、いった。

「今、会えますか？」

と、十津川は、きいた。

「今は、無理ですね。もう少し、落ち着かないと」

「薬を飲んだんですか？」

「睡眠薬です。なんでも、娘さんが死んでから、眠れなくなり、かかりつけの医者に頼んで、睡眠薬を、処方してもらっていたようなんですが、それを、まとめて飲んで、自殺を図ったんじゃないかと思いますね」

と、副院長は、いった。

「今、彼女のそばには、誰がついているんですか？」

と、亀井が、きいた。

「娘さんが、ついています。冴子さんです」

と、相手は、いった。

十津川は、亀井を、離れた場所に、連れていって、

「睡眠薬を処方した医者に、会って、詳しい話をきいてきてくれ」

「何か、疑問が、おありですか?」

「いや、そういうわけじゃないんだが――」

と、十津川は、曖昧ないい方をした。が、亀井は、すぐ、病院を、飛び出していった。


新聞記者たちが、十津川に会おうとして、探し回り始めたので、彼は、病院の屋上に、避難した。

四十分ほどして、十津川の持っている携帯電話に、亀井からの報告が、入った。


「問題の医者に会ってきました。睡眠薬を、処方していたのは、本当ですが、余分に渡していたことはない。とし子は、飲まなかった分を、貯めていたんじゃないかと、いっています」

「飲まなかった分をか?」

「そうです。自殺を図るぐらいの量を考えると、今までに渡したものを、貯めておいたに違いないと、いっています」

「すると、とし子は、自殺するために、睡眠薬を貯めていたということになるのかね?」

「それも、不自然だと、医者は、いっています。確かに、そのとおりで、自殺するなら、別に、睡眠薬を飲まなくても、いくらでも、方法が、ありますから」

と、亀井は、いった。

「すると、やはり、飲むために、睡眠薬を医者に処方してもらっていたのかね？」

「そう思います。それから、途中で、睡眠薬をもらわなくなっていたんです」

と、亀井は、いった。

「ひょっとして、木下の、刑が決まり、収監されてから、とし子は、睡眠薬を、もらわなくなったんじゃないのか？」

と、十津川は、きいた。

「警部は、よく、ご存じですね？」

亀井が、驚いた様子で、いった。

「ふと、そうじゃないかと、思ったんだよ」

と、十津川は、いった。

亀井が、戻ってきて、その話になった。十津川は、自分の考えを、亀井に、説明した。

「とし子は、夫の木下と、娘の由美子との関係を、しっていたんじゃないのかな。そして、由美子が死んでしまった。母親のとし子は、夫が、今度は、次女の冴子を襲うのではないかという不安に、苦しんだとしても、おかしくない。それを、どうやって、防いだらいいのかと考えた。表立って、問題にすれば、自分の恥にもなるし、娘の冴子も、傷つく。そこで、夫の木下が、家にいる時は、とにかく、眠らせてしまおう。そう考えて、睡眠薬を手に入れていたんじゃないかな」

「すると、睡眠薬は、自分が飲むためじゃなくて、夫に飲ませるためだったということですか?」

「そうだよ。だから、夫が、刑務所に入ってしまってからは、必要がなくなったんだ。ただ、夫に飲ませようと思っても、なかなか、うまくいかずに、いつの間にか、貯まってしまって、今回、自殺しようとした時、それを、飲んでしまったんだろうね」

と、十津川は、いった。

夫が、長女の由美子と、関係があったことをしったあと、とし子は、次女の冴子のことが、心配で、仕方がなかったろう。

そんな性癖を持った夫が、大人になった冴子にも、性的な関心を持つに違いないと、思ってである。

おちおち、眠れなかったに違いない。そんな気分の時、とし子が、睡眠薬を、飲むはずがないのだ。

(由美子が、木下を殺そうと覚悟を決めたのも、木下が、妹の冴子にも、手を出そうとする様子が、見えたからではなかったろうか?)

と、十津川は、思った。

7

十津川は、自分の推理が、果たして、正しいかどうか、しりたかった。

木下とし子や、冴子にきいても、本当のことは、話さないだろう。とし子は、他人に話せないから、自殺を図ったのだと思うし、冴子は、だから、アメリカ留学を、考えたに違いないからである。

十津川は、亀井たちに、自分の考えを話し、

「冴子の友人たちにあたって、確かめてもらいたいんだ」

と、いうと、亀井が、

「あまり、期待は持てませんよ。冴子は、そんな悩みを、友人に漏らしているとは、思えませんから」

「しかしね、カメさん。誰かには、悩みを打ち明けたいと、思っていたはずだよ。特に、姉の由美子が死んでしまってからは、姉にも、いえなくなったわけだし、母親は、ただ、おろおろして、秘密を守ろうとしているだけだったと思うのだ。せいぜい、夜になったら、夫を、睡眠薬で、眠らせようということぐらいしか考えられなかったんだし、それも、毎日は実行できなかったから、薬が貯まったんだろう。そんな状態の時、冴子が、誰かに、悩みを打ち明けるとしたら、恋人か、友だちしかいない。彼女に、特定の恋人がいたという話はきいていないから、残るのは、友だちだ。まさか、父親が、自分を犯そうとしているなどとは、いわなかったろうが、それを匂わせるようなことは、いったに違いないんだ。それを調べてほしい」

と、十津川は、いった。

そういった彼自身にも、確たる自信があるわけではなかった。

刑事たちは、冴子の友だちたちに当たるために、出かけていった。

最初のうちは、芳しい話は、きかなかった。

冴子は、友だちたちに、自分の家族のことを、ほとんど、喋っていなかったのだ。

「今度の事件があって、冴子に、姉さんがいたとか、お父さんが、旅行会社に勤めていたのを、しったくらいなんです」

と、冴子の親友だという女友だちまでが、いう始末だった。

それでも、十津川は、聞き込みを続けさせた。特に、男の刑事には、話しにくかったのではないかと思い、北条早苗に、同じ女友だちに、もう一度、当たらせることもした。

それが、効を奏したのか、早苗が、

「面白いことを証言してくれた友人がいます」

と、電話してきた。

「どんなことだ？」

「冴子が、ある時、ぽつんと、いったそうです。夜になるのが怖いってです。わけは、いわなかったそうですわ」

「その友人に会いたいね」

と、十津川は、いった。

十津川は、待ち合わせの場所を決め、亀井と一緒に出かけた。

西新宿の喫茶店で会うと、早苗が、

「木下冴子さんと同じ短大のクラスメイトの宮下里美《みやしたさとみ》さんです」

と、小柄な娘を、十津川たちに、紹介した。

十津川は、単刀直入に、

「彼女から、夜が怖いという話をきいたのは、いつのことですか？」

と、きいた。

「日時は、はっきり覚えていませんけど、彼女のお姉さんが亡くなって、すぐでしたね。彼女を慰めようと思って、一緒に食事をして、飲んだんです。その時でした」

「突然、夜が怖いといったんですか？」

「ええ。少し酔ってから、実は、あたし、夜が怖いのって、いったんです」

と、宮下里美は、いった。

「理由は、いわなかったんですか？」

と、亀井が、きいた。

「ええ。それっきり、黙ってしまって。私は、勝手に、お姉さんが死んでしまったせいだと思ったんですけど、今から考えると、おかしいですわね。寂しいというのならわかるけど、怖いというのは、不自然だし――」

と、里美は、いう。

「その時、彼女は、どんな顔をしていました？」

と、十津川は、きいた。

「とても、暗い顔をしていましたわ」

と、里美は、いった。

8

十津川たちが、捜査本部に戻ると、追いかけるように、府中刑務所の所長から、電話が入った。

「今日、木下の娘の冴子が、初めて、面会にきました」

と、所長が、いった。

「それで、木下の態度に、変化がありましたか？」

と、十津川は、きいた。

「彼が、十津川さんに、会いたいと、いっています」

「明日、面会にいきます」

と、十津川は、いった。

翌日、十津川は、ひとりで、府中刑務所に、木下に会いに出かけた。

木下は、目を朱《あか》くしていた。たぶん、昨夜は、眠れなかったのだろう。

十津川の顔を見るなり、木下は、

「なぜ、あんたは、私の家庭を、めちゃめちゃにしようとするんですか？　そんなことをして、面白いですか？　やめてください」

と、いった。食ってかかるという調子ではなく、哀願するような喋り方だった。

「もちろん、面白くはないよ」

と、十津川は、いった。

「それなら、やめてください。お願いします」

「駄目だ」

「なぜですか？」

「君に殺された人たちのことを、考えるからだよ。彼等は、意味もなく殺され、殺した君は、英雄扱いだ。こんなことを、私は、絶対に許しておけない。早見まり子の家族は、どうなるんだ？　岡崎幸男の家族は、どうなるんだ？　白井敬一郎の家族は、どうなるんだ？」

「どうしても、駄目ですか？」

「ああ。私は、徹底的に、やる」

「そのために、家内は、自殺を図ったんですよ」

「君のせいだ。君の責任だ」

と、十津川は、容赦のない口調で、いった。

「あなたには、人間の情というものが、ないんですか？　優しさはないんですか？」

「君が殺した相手の前で、君は、同じ言葉が、いえるのか？」

と、十津川が、きくと、木下は、黙ってしまった。

次の日、所長から、また、電話があった。

今度は、狼狽した調子で、

「木下が、自殺しました。舌を嚙み切りました」

「そうですか」

と、十津川は、いった。

自分でも、意外なほど冷静に、受け止めた。どこかで、木下が、自殺するかもしれないと、感じていたのかもしれない。

「あなた宛ての遺書を書いています。昨日、十津川さんが帰ったあと、書くものがほしいといったので、てっきり、家族へ手紙を書くんだろうと、思っていたんですが」

「内容は?」

「あなた宛てなので、まだ、見ていませんが――」

「すぐ、いただきにあがります」

と、十津川は、いった。

今度は、亀井を連れて、府中刑務所に急いだ。

所内に入ると、何となく、騒然とした空気が、流れていた。

そのなかで、十津川と亀井は、所長に会い、木下の遺書を渡された。

封筒の表には、十津川警部様、親展と書かれていた。

十津川は、手紙の内容は、自分に対する恨みつらみが、綿々と書かれてあるか、そうでなければ、真相が、書かれてあるだろうと、思っていた。

五枚の便箋に書かれていたのは、後者だった。

木下は、自分が、どんなに二人の娘を愛しているかを、書いている。子供の時、溺愛し、ほしいものは、何でも買ってやった。それを、最初は、父親としての当然のことと、思っていたとも書く。

〈――しかし、上の娘、由美子が、年頃になるにつれて、私は、彼女に対して、どうしようもない、性的な衝動にかられるようになったのです。眠ると、夢のなかで、私は、由美子を裸にして、抱いてしまう。その夢が続くのです。このままでは、私は、狂ってしまうと思いました。由美子に、白井という恋人ができたとしったとき、私は、嫉妬に狂い、あんな男に、由美子を渡すくらいなら、私が、由美子を犯し、殺してやると思いました。それだけを考えました。由美子が、独身最後の記念に、連休を利用して、ひとりで、萩、津和野に旅行してくるといった時、私は、由美子を、自分のものにする最後のチャンスだと、感じました。私は、会社にも、妻にも、新しい旅行パックの下調べをするために、東北へいくと嘘をつき、津和野に向かいました――〉

このあと、津和野のホテルで、由美子を酔わせて、強引に犯したことが書いてあるのだが、それは、ざんげの文章というよりも、愛の行為に酔っているような書き方だった。

読み終わってから、十津川は、それを、亀井に渡し、所長に、

「木下の家族には、しらせましたか？」

と、きいた。

「いや、まだ、しらせていません。その遺書があったので、まず、十津川さんに、しらせたほうがいいと思いましてね」

と、所長は、いう。

「それでは、しらせてください。木下の奥さんも、もう退院しているはずですから」

「その遺書のことは、どうしましょうか？　家族にいいましょうか？」

「いや、家族には、黙っていてください。そして、こういってください。すぐ、娘の冴子は、アメリカに出発すること。母親も、それについて、アメリカにいき、しばらく、帰国するなとです」

と、十津川は、いった。

「わかりました。そういいましょう」

と、所長は、約束した。

9

二日後、木下とし子と、娘の冴子は、慌ただしく、成田《なりた》から、アメリカに向かって、出発していった。

その二日間、木下の自殺について、十津川は、記者たちの質問攻めにあったが、彼は、時期がきたら、発表するとだけいった。

そのために、十津川たちが、木下に向かって、嘘の自供を強要し、それに抗議して、彼は、自殺したのだと書いた新聞もあった。

十津川は、それに対して、何もいわなかった。

三上刑事部長からも、すぐ、木下の遺書を公表するようにいわれたが、その命令も、無視した。

木下母娘《おやこ》が、成田を飛び発つのを、亀井と二人で見送ったあと、やっと、記者会見を開き、木下の遺書を、発表した。

結果は、十津川の予想したものになった。

木下は、英雄から、最低の悪党になってしまった。

新聞も、テレビも、文字どおり手のひらを返すようにである。

もちろん、十津川をはじめとする警察のやり方を、冷酷と批判する声もあった。が、それも、十津川が、予想したものだった。

事件が、完全に終わった時、十津川は、珍しく、疲れたことを理由に、二日間の休暇を、願い出た。

それが、許可されると、十津川は、妻の直子と、東伊豆に出かけた。

ホテルに着き、部屋の窓を開けると、目の前に、青い海が、広がっている。

「海が見たくてね」

と、十津川は、いった。

「あなたは、正しいことをしたのよ。自分を責めることはないわ」

と、直子が、いった。

「別に、自分を責めてはいないよ。ただ、子供がいないから、自分の判断に、自信が、持てないんだ」

「私は、まだ、子供を産める年齢《とし》よ」

と、直子が、微笑して、いった。

「そうだな」

「私が、可愛い女の子を産んだら、どうなさる？」

「たぶん、溺愛するだろうね。ただ、そのあと、どうなるか、自信がない」

と、十津川は、いってから、

「もし、私が、娘に対して、変な気を起こすようだったら、君は、さっさと、離婚して、娘を連れて、実家へ帰ってくれ」

冗談とも、本気ともつかぬ調子で、いった。

「馬鹿ね」

と、直子は、笑った。

「馬鹿かもしれないが――」

「娘に対して、木下という人みたいな愛し方しかできない人もいるでしょうけど、そんな人は、一握りだし、あなたは、絶対に、そんなことのできない人だわ」

と、直子は、いった。

「そうだといいんだがね」

「あなたのことは、私が、一番よくしってるわ。だから、私は、安心して、可愛い娘を、産もうと思っているの」
と、直子は、いった。

（この作品はフィクションで、作中に登場する個人、団体名など、すべて架空であることを付記します。）

本書は二〇〇二年八月、小社より刊行された同名作品の新装版です。

双葉文庫

に-01-121

萩《はぎ》・津和野《つわの》に消《き》えた女《おんな》〈新装版〉

2024年11月16日　第1刷発行

【著者】
西村京太郎《にしむらきようたろう》

【発行者】
箕浦克史
【発行所】
株式会社双葉社
〒162-8540 東京都新宿区東五軒町3番28号
［電話］03-5261-4818(営業部)　03-5261-4831(編集部)
www.futabasha.co.jp（双葉社の書籍・コミックが買えます）
【印刷所】
大日本印刷株式会社
【製本所】
大日本印刷株式会社
【カバー印刷】
株式会社久栄社

【フォーマット・デザイン】
日下潤一

ISBN978-4-575-52811-4 C0193
Printed in Japan